Kafka's vriend

Uitgeverij PAMAC

Kafka's vriend

Miro Gavran

Vertaling Sanja Kregar

Oorspronkelijke titel: Kafkin prijatelj
Uitgave: Mozaik knjiga, Zagreb
© 2011 Miro Gavran

Eerste druk, 2013
© Nederlandse uitgave, Sanja Kregar
Vertaling uit het Kroatisch: Sanja Kregar
Redactie: Sabien Deneer
Coverillustratie: © Benjamin Haas | Dreamstime.com
Vormgeving en omslag: Studio PAMAC

Uitgeverij PAMAC, www.pamac.nl
Bibliotheek KLIN (Kroatische Literatuur In Nederland),
www.kl-in.eu

Met dank aan het Ministerie van Cultuur van de Republiek Kroatië
voor het ondersteunen van deze uitgave.

Dit boek is uitgegeven mede dankzij de financiële bijdrage van het
Bureau voor onderwijs, cultuur en sport van de stad Zagreb.

ISBN: 978 94 90385 86 6
NUR: 302

Deel 1

1

De koude wind vanaf de Moldau trok in hun botten. Terwijl ze over de burcht Vyšehrad wandelden, bekeken ze Praag vanaf de verhoging.

De prille studenten leken op vroegrijpe jongens die zich, ondanks hun tekort aan levenservaring, met succes als volwassen voordeden.

Zij hadden elkaar het vorig najaar in de Leeszaal van Duitse studenten ontmoet. Sindsdien waren ze onafscheidelijk.

De iele voorjaarszon kaatste terug van de marmeren grafmonumenten waarlangs zij liepen. Het was alsof de nabijheid van de begraafplaats, waar notabelen uit het verleden lagen, hun gesprek meer zwaarte gaf.

'Elk geschreven boek is een weerspiegeling van het leven dat zijn schrijver heeft geleefd,' zei Max.

'Alles wat is geschreven, is verzonnen. De werkelijkheid laat zich niet door woorden beteugelen,' antwoordde Franz.

Dat was in 1903.

2

Max beschikte over verscheidene talenten.

Hij maakte graag muziek, componeerde, schreef verhalen en krantenartikelen, wedijverde in retorica... Hijzelf was soms ook verward door de veelheid van zijn interesses. Alsof hij daardoor nog moeilijker kon vaststellen wat hij in de mistige toekomst wilde worden.

De breedte van zijn ontwikkeling was onbetwist. Zijn antwoorden oogstten bewondering van menig professor. Desondanks voelde de jongeman dat de opvattingen van zijn slechts één jaar oudere vriend fermer waren.

Franz' breekbare lichaam was de schuilplaats voor een nieuwsgierige geest en een indrukwekkende persoonlijkheid die Max oprecht bewonderde.

Zijn gedachten sprak Franz altijd helder en overtuigend uit. Andermans zinnen nam hij niet over. Hij smeet niet met woorden.

Voor een terloopse waarnemer was Franz een teruggetrokken jongeman, nog niet klaar voor de praktijk van het leven.

Voor Max was hij een persoon met zijn eigen wereld, voor wie de werkelijkheid daarbuiten alleen een stoorzender was.

Zij waren verbonden door literatuur. Als gepassioneerde jonge lezers droomden zij heimelijk over de tijden wanneer zij schrijvers zouden worden. Terwijl ze de eerste korte verhalen schreven, beleefden ze de schoonheid van het scheppen.

Lovende woorden van de meest naaste vriend hadden in die tijd noodlottige betekenis.

3

Zij waren Joden.

Max geloofde, Franz twijfelde.

Max voelde dat hij uitverkoren was voor een grote geestelijke reis, Franz voelde zich verlaten.

Hun gesprekken over God en het geloof eindigden vaak in wederzijds onbegrip. Daarom vermeden zij het onderwerp.

Als zij het na een tijd toch weer oppakten, leken ze op nachtvlinders die de verleidelijke aantrekkingskracht van de dodelijke lamp niet kunnen weerstaan.

Franz' vader Hermann Kafka was een handelaar. Zijn zoon hoorde hem tegen een klant zeggen dat hij een Duitser was, tegen een andere dat hij een Tsjech was en tegen een derde dat hij een Jood was.

Hij vertelde aan een ieder datgene wat hij wilde horen. Het gevolg was dat zijn zoon de vraag wie hij werkelijk was voor zichzelf niet kon beantwoorden.

4

Max kwam steeds vaker bij Franz thuis. Julie, de moeder van zijn vriend en zijn vader Hermann lieten hem al bij de kennismaking weten dat hij welkom was.

De jongeman kwam uit een welgestelde familie. Altijd beheerst in de omgang, wist hij snel mensen voor zich te winnen.

Franz had drie zussen: Gabrielle, Valerie en Ottilie. Zij waren nog kinderen, slechts de oudste stond op het punt om een jonge vrouw te worden. Zij namen geen deel aan gesprekken tussen de volwassenen. Aan tafel hadden zij zich stil te houden.

Franz' vader wendde zich zelden tot zijn zoon. Hij gaf niet om zijn mening. Voor hem was Franz een kind dat weigerde volwassen te worden en zijn verantwoordelijkheden te nemen.

Hij wist dat zijn zoon neerkeek op de studie rechten, waartoe hij hem met moeite had overgehaald.

In de ogen van de strenge koopman vertegenwoordigde Max het ideaal van een verantwoordelijke en stabiele jongeman met een mooie toekomst voor zich. Hij betreurde dat zijn weifelende zoon niet zo was als Max.

5

Tijdens de pauze tussen de colleges bevonden zich enkele studenten in de aula van de universiteit.

Ernst pochte dat hij de nacht daarvoor in een bordeel was geweest met de meest hartstochtelijke prostituee die hij in zijn leven had ontmoet.

'Mocht een van jullie het willen, dan kan ik jullie kennis met haar laten maken,' stelde hij voor.

Franz bloosde.

Max keek neer.

Zij waren onervaren. Zij schaamden zich om dat toe te geven.

6

Als Franz een broer had gehad, dan was het een andere vriendschap geworden.

Nu had Max een dubbele rol in zijn leven.

Hij verving een niet-bestaand wezen voor hem. Onwetende bezoekers in huize Kafka zouden vast hebben gedacht dat ook Max tot het gezin behoorde.

7

Na het lezen van Franz' eerste verhalen was hij verwonderd.

Kafka's zinnen bouwden een nieuwe wereld, die hij in de literatuur die hem tot dan bekend was, niet had aangetroffen.

Tevergeefs probeerde hij hem over te halen om die werken uit te geven.

Franz twijfelde aan zijn teksten even krachtig als Max er in geloofde.

'Misschien valt mij morgen een zin in, die het verhaal een nieuwe betekenis gaat geven. Het is beter zich niet te haasten met het uitgeven,' verdedigde hij zich voorzichtig tegen Max' pogingen om zijn fantasie aan het oordeel van het publiek bloot te stellen.

8

'Ik dacht dat ik al schrijvend mijn demonen zou verdrijven. Nu weet ik dat ik ze al schrijvend ongewild tot leven breng en aantrek,' zei Franz na een slapeloze nacht waarin zijn verhaal ontstond.

Met een trillende hand probeerde hij een opstandige haarlok van zijn voorhoofd weg te vegen.

Aan zijn gezicht met de donkere kringen onder de ogen

was het lijden zichtbaar.

Max geloofde Franz' woorden.

Hij durfde niet toe te geven dat hij genoot van het schrijven en dat hij in zijn bezielde momenten niet geteisterd werd door demonen.

Hij was ervan overtuigd dat Franz anders was dan alle andere mensen die op de aarde rondliepen en dat het ongepast zou zijn om zich met hem te vergelijken.

9

Zij maakten een uitstapje. Franz, zijn ouders, de drie zussen en Max.

Terwijl de studenten de berg beklommen, keken Julie en Hermann, die met de meisjes onder de kroon van de grote walnotenboom achter waren gebleven, hen na.

'Zo slim, die twee!' zei Julie met een vleugje bewondering in haar stem.

'Als je hen de boeken die zij hebben gelezen af zou nemen, zou er niets in die hoofden achterblijven,' stelde Hermann vast.

'Wie verhindert jou om ook te lezen?' wierp zijn vrouw opstandig terug.

'Wie zou werken als ik zou lezen? Wie zou het gezin te eten geven?'

Julie was een uitzonderlijk nijvere en betrouwbare vrouw. Zij hielp haar man met de bedrijfsvoering. Niet één overeenkomst, niet één factuur kon worden ondertekend zonder dat zij die had nagelopen.

Zij hield toezicht op de twee medewerkers die tekenden voor goederen die het pakhuis in- en uitgingen.

Hermann kon vertrouwen op haar precieze inzicht in zijn financiën aan het einde van iedere dag, week en maand. Hij hing de grote koopman uit, wetende dat zijn vrouw de meest gevoelige zaken van alledag zou afhandelen.

Naast dit alles voerde Julie ook het huishouden. Ze hadden een kokkin en een meid die zij iedere ochtend met weinig woorden aan het werk zette.

Zij vonden Julie een rechtvaardige en eerlijke bazin die haar eisen helder aan haar ondergeschikten overbracht.

Als zij hun werk goed hadden gedaan, prees zij hen.

In de Löwy familie, waarvan Julie afstamde, was liefde voor kunst en boeken iets vanzelfsprekends.

Een verfijnde omgang en het streven naar vorming en kennis werden gezien als wenselijke doelstellingen in het leven

In hun huis verhief men zijn stem niet. Mensen werden gewaardeerd voor wat zij waren, niet voor wat zij bezaten.

Hermann was, in tegenstelling tot Julie, van eenvoudige komaf. Zijn vader was een slager. Bij hen werd geld hoger gewaardeerd, omdat er minder van was. Nadat zij tot welstand waren gekomen, veranderde er niets.

Ze behielden hun ruwe omgangsvormen, toonden zich achterdochtig naar iedereen en blijvend bezorgd over hun bezittingen.

Hermann benadrukte graag tegenover zijn kinderen hoe zwaar hij het in zijn jeugd had gehad en hoe hij slechts door hard werken zijn huidige plek in de maatschappij had kunnen veroveren. Hij was er trots op.

Julie wist dat de waarheid een andere was en dat Hermann nooit een succesvolle koopman zou zijn geworden als zijn vader met het slagersambacht niet zoveel geld had verdiend dat Hermann een risicovolle handelsonderneming kon beginnen.

De Kafka's kwamen uit Osek bij Strakonice in Zuid-Tsjechië. Hun verhuizing naar Praag werd in de familieverhalen beschreven als een gedurfde stap naar de grote stad die tot dan toe onbereikbaar was geweest.

In het bijzijn van anderen probeerde Julie de indruk te geven van een zachtmoedige, gehoorzame vrouw die haar echtgenoot respecteerde.

Als zij alleen waren, kon zij het niet laten om haar intellectuele overmacht te tonen en Hermann blijk te geven hoe zij hem werkelijk zag.

Ook al was haar man geneigd om in aanwezigheid van anderen op te scheppen, hij wist in het diepst van zijn hart dat Julie over meer kennis beschikte dan hij en een beter beoordelingsvermogen had, zelfs in handelszaken. Daarom nam hij niet één belangrijk zakelijk besluit zonder bij zijn vrouw te rade te gaan.

10

'Mozes deed er veertig jaar over om de Joden van Egypte naar het Beloofde land te leiden. Veertig lange jaren dwaalden zij door de Sinaï, hoewel zij die route met gemak in enkele weken hadden kunnen afleggen... in één of hooguit twee maanden lopen,' zei Max.

'Gods plan uitgezonderd, hoe kun je rationeel verklaren dat de tocht zo lang heeft geduurd?' vroeg Franz.

'Mozes wilde dat iedereen die zich Egypte kon herinneren dood zou zijn of tenminste het vorige leven zou zijn vergeten. Hij wilde dat nieuwe mensen het Beloofde land zouden betreden, nieuwe generaties, mensen zonder herinneringen aan een eerder bestaan. Hij stond zichzelf, een man van het verleden, evenmin toe om de last van de oude herinneringen naar het nieuwe land te brengen. Ook zichzelf ontnam hij de mogelijkheid om de bouwer van een nieuwe wereld te worden. Het volk moest gezuiverd worden van de vorige ervaring. Vergeet niet dat zij in Egypte slaven waren, terwijl ze in het Beloofde land als Gods uitverkorenen zouden leven.'

'Klinkt aannemelijk,' zei Franz.

'De tijd dat de Joden uit de hele wereld het pad van Mozes zullen volgen, komt weer naderbij,' stelde Max vast met glinsterende ogen.

'Zou jij in staat zijn om Praag te verlaten, om Europa te verlaten en naar Palestina te verhuizen?'

'Dat gaat vroeg of laat gebeuren,' zei Max met overtuiging.

Franz verstijfde bij de gedachte dat hij zijn beste vriend kwijt zou kunnen raken. Hij voelde zich ongemakkelijk bij het besef dat zij geen dromen gemeen hadden.

Praag, Wenen en Berlijn waren toen de drie enig denkbare steden die in Franz' toekomstfantasieën voorkwamen.

In zijn besef was Palestina een denkbeeldige ruimte en geenszins een echte plaats waar iemand, die in Europa was grootgebracht, gelukkig zou kunnen zijn.

Hij kon er geen weet van hebben dat hij er aan het einde van zijn leven heel anders over zou denken.

11

'Nietzsche is een charlatan. Zijn opvattingen zijn geen filosofie. Als hij over Socrates, Plato of Schopenhauer praat, dan geeft hij hun woorden een betekenis die zij nooit van zins waren om uit te spreken. Als hij Wagner probeert te verbinden met de Griekse tragedie, dan pleegt hij geweld op zowel Wagner als op de Griekse tragedie. Ik weet niet waarom hij zoveel moeite deed om een mening te hebben over muziek en poëzie, terwijl hij toch muziek noch poëzie begreep,' zei Max met de jeugdige heftigheid die mensen, die hun overtuigingen niet onderzoeken, zo eigen is.

Dit was al de derde keer dat hij in aanwezigheid van Franz Nietzsche aanvocht. Zij zaten in een halfleeg koffielokaal. Het eentonige geluid van de regen bereikte hen van de straat.

Plotseling riep Franz de ober, betaalde hun drank, stond op van zijn stoel en zei resoluut: 'Beste Max, je praat erg makkelijk over een grote man. Ik spreek je weer nadat je nogmaals Nietzsche's *Die Geburt der Tragödie aus dem Geiste der Musik* hebt gelezen. Aan de zinnen die je net uitsprak, zie ik dat je het oppervlakkig hebt doorgenomen en verkeerd begrepen.'

Nog voordat Max iets terug kon zeggen, pakte Franz zijn hoed en verliet het lokaal.

Die dag besefte Max dat Franz zowel zijn eigen als andermans woorden groot belang toekende. Je kon met hem niet 'keuvelen', met hem kon je je alleen serieus onderhouden.

Dezelfde avond nam hij Nietzsches boek opnieuw ter hand.

12

Franz' jongste zusje Ottilie was jarig. Het huis was vol familie en vrienden.

Max pingelde op de piano en het jarige meisje was aan het zingen. Zij had er geen gevoel voor, noch een al te welluidende stem. Gelukkig was zij zich daarvan bewust, zodat zij na het derde liedje zei: 'Mamma heeft een mooie stem, laat haar wat zingen.'

'Ottla, lief, je weet dat ik nog nooit voor zoveel mensen heb gezongen,' antwoordde Julie.

'Toe mamma, alsjeblieft, doe het voor mij,' hield het meisje vol.

'Ik zou u ook graag willen horen,' zei Max.

'Als ik haper, dan moet je doorgaan met spelen alsof er niets is gebeurd,' zei Julie toen.

'Op mij kunt u rekenen,' zei Max met een glimlach en hij voegde er aan toe: 'Kent u dit?'

Hij begon het lyrische motief te spelen uit de operette *Vrolijke minnaars.* Julie knikte bevestigend, zij kende de tekst van het populaire wijsje.

Toen zij begon te zingen viel iedereen in de gasten-kamer stil. Haar stem was uitgesproken warm en paste goed bij het gevoelige liedje.

Max was oprecht verrukt.

Hij begeleidde Julie's vertolking ingetogen.

Haar talent ten spijt, keek ze naar Max alsof haar ondergang of succes te midden van de hier aanwezige mensen afhing van hem.

Max knikte enkele keren bevestigend, zodat zij wist dat hij haar gezang waardeerde.

Zij lachten naar elkaar op een manier die wederzijdse bemoediging uitdrukte.

Voor het eerst besefte hij dat deze vrouw prachtige ogen had, een mooie hals, blanke huid en een sierlijke houding. Hij zag niet alleen de moeder van zijn beste vriend voor zich, maar ook een aantrekkelijke vrouw die aandacht verdiende.

Haar warme volle stem omhelsde hem. Het leek alsof ze alleen voor hem aan het zingen was en alsof zij alleen in de kamer waren.

Hij sidderde bij het besef hoe fijn hij het op dat ogenblik had.

13

Hij was bij de Kafka's voor de zondagslunch.

Terwijl ze trachtte ruimte op tafel te maken om de soepterrine neer te zetten, gooide de meid onbedoeld het zoutvaatje op de grond. Gelukkig bleef het heel.

'Domme gans, betaal ik je daarvoor? Je kunt niet eens

een lunch opdienen! Onhandige koe dat je bent!' gromde Hermann tegen de vrouw, niet bij machte om zijn woede te beheersen. Franz kromp ineen op zijn stoel, alsof het plotselinge ongeval zijn schuld was.

Max sloeg zijn ogen neer.

Julie deed alsof er niets was gebeurd.

Deze lunch had een bittere smaak.

14

In zijn droom zag Max Julie's hals, haar lach, haar ogen.

Hij hoorde haar prachtige stem, maar toen hij probeerde om haar zang op de piano te begeleiden, bleven zijn vingers bewegingsloos.

Geschrokken realiseerde hij zich dat zijn handen loodzwaar waren geworden en onwillig.

Verlamd was hij en machteloos. Het voelde alsof tientallen paren ogen hem aankeken en hem confronteerden met zijn ellendige toestand.

Bezweet werd hij wakker.

De verschijning van Julie in zijn droom verontrustte hem.

Hij wilde niet aan haar denken, maar was zijn gedachten niet de baas.

Het was al licht voordat hij weer in slaap viel.

15

Aan begin van zijn tweede studiejaar verhuisde Max van zijn ouderlijk huis naar een klein appartement. Hij was dolgelukkig dat niemand hem meer zou storen als hij schreef of componeerde.

Nog steeds kwam hij twee tot drie keer per week bij zijn ouders thuis voor het middagmaal.

'Je mag God prijzen dat je een vader hebt die begrijpt wat het is om te studeren, wat het is om te schrijven. Dat geluk heb ik niet,' reageerde Franz bitter op de onafhankelijkheid van zijn vriend.

'En als je erover probeert te praten met hem?' stelde Max voor.

'Waartoe? Zodat hij mij kan uitlachen, zoals zo vaak voorheen? Voor hem is mijn schrijven louter tijdsverspilling. Bovendien, als ik het huis uit zou gaan, dan zou hij mij niet meer dagelijks kunnen laten merken hoe zielig en miserabel ik in zijn ogen ben. Hij zou mij er niet aan kunnen herinneren dat hij mij voedt en dat ik niet in staat ben om een onafhankelijk leven te leiden. Hij is een gevangenisbaas die zijn gevangenen dagelijks moet zien, om zeker te weten dat geen van hen is ontsnapt.'

Franz was uitgesproken slecht gehumeurd die dagen. Hij had geen zin in gesprekken en vermeed mensen, bang dat zij hem zouden kwetsen.

Als een van de studenten een grap vertelde waarom iedereen moest lachen, bleef zijn gezicht strak.

Max voelde dat er iets vreemds gaande was met zijn vriend, maar was niet in staat de oorzaak te achterhalen.

16

Max was bij de Kafka's voor de zondagslunch. Het hele gezin was bijeen.

Zij aten in een uitzonderlijke stilte. Zelfs de luidruchtige Hermann had geen behoefte om te praten.

Max voelde dat er iets niet in orde was. Zijn pogingen om een gesprek van betekenis te voeren, vielen niet in goede aarde.

De lucht gonsde van spanning die hij niet kon verklaren.

Toen Franz naar zijn kamer ging om het boek met drama's van Tolstoj te zoeken waarover de studenten de dag daarvoor hadden gepraat, richtte Hermann zich met een zachte stem vertrouwelijk tot Max.

'Wij moeten praten, maar Franz mag het niet te weten komen. Kun je morgen na de colleges naar ons kantoor komen?'

Max knikte ter bevestiging.

Een moment later kwam Franz terug in de kamer.

'Dit is het boek,' zei hij kortaf terwijl hij het Max aan-
reikte.

17

Vroeg op die maandagavond kwam Max naar het verval-
len bruine gebouw waar zich het kantoor van Kafka's
handelsfirma bevond.

Hermann en Julie wachtten er op hem.

Hun twee medewerkers stonden op het punt om het
kantoor te verlaten waaruit men toezicht kon houden op
het kleine handelsimperium.

Aan de verontruste gezichten van de ouders van zijn
beste vriend te zien, hadden ze deze geheime ontmoeting
belegd uit grote nood.

Zodra de tweede medewerker afscheid had genomen en
de deur achter zich dicht had gedaan, nam Hermann het
woord.

'Het is niet goed, Max, het is niet goed. Wij zullen
jouw hulp nodig hebben. Het baart ons grote zorgen.'

In plaats van verdere uitleg te geven, draaide Hermann
zich naar zijn vrouw toe en zei: 'Laat het hem zien!'

Julie pakte een vel papier uit haar tas en gaf het aan Max.

'Dit heb ik eigenhandig overgeschreven toen Franz op de faculteit was. De tekst lag in zijn bureaula, samen met een tiental verhalen... maar... dit is geen verhaal.'

Hij zag dat ze zich ongemakkelijk voelde omdat ze de papieren van haar zoon had doorzocht achter diens rug om.

Max pakte het vel en begon voor zichzelf te lezen: 'Bestaat er een ellendiger wezen dan de mens? Hij is zich bewust van zijn eigen betekenisloosheid, maar heeft geen enkele invloed op het begin van zijn leven of de omstandigheden die hem zullen bepalen. Hij kan zijn geboorteplaats niet kiezen, noch het gezin dat hem zal vormen, noch het geslacht dat zijn rol in het huwelijk een uitdrukking zal geven. Dit ellendige wezen, een mens genaamd, kan slechts op één manier zijn Schepper tegemoet treden: met zijn besluit over een zelfgekozen einde. Zelfmoord is in ons leeg bestaan de enige goddelijke geste waarmee wij ons kunnen bevrijden van knellende banden. Tegelijkertijd verheffen wij ons tot het niveau van diegene die ons het leven heeft geschonken.'

Max ging door met het lezen van de sombere tekst die het mensenleven terugbracht tot een ongevraagd geschenk en zelfmoord verhief tot de enige handeling die respect verdiende. De laatste zin bracht de onheilspellende boodschap: 'Misschien moet men het ongevraagde geschenk teruggeven aan de schenker.'

Toen hij klaar was met lezen keek hij zonder commentaar naar Julie's bezorgde gezicht en naar Hermann die een ernstige blik had.

'Dit hebben wij ook aan de dokter laten zien. Hij zegt dat het serieus is. Dat dit een duidelijke aankondiging is... dat hij zelfmoord zou kunnen plegen,' zei Hermann met een dorre stem.

'Hij vroeg of onze zoon vrienden heeft, of een vriendin, waar hij wel en niet van houdt, of iemand hem heeft gekwetst de laatste tijd. We hebben gezegd dat jullie onafscheidelijk zijn, jij bent zijn enige echte vriend, jouw mening is de enige die er voor hem toe doet. De dokter denkt dat jij alleen hem kunt helpen... Ons gezin uitgezonderd,' zei Julie met een trillende stem.

'Ik zit tot over mijn oren in het werk. Dit kan ik er niet bij gebruiken. God heeft mij drie dochters gegeven en een zoon, ook al zou ik liever een dochter en drie zonen hebben. Hij is mijn erfgenaam, hij moet de familielijn voortzetten, voor kleinzonen zorgen die mijn achternaam zullen dragen. In plaats daarvan bazelt hij over zelfmoord. Als hij mijn enige zoon niet was geweest... Ik ben boos op hem en ook bang. Julie's oma heeft op deze manier de wereld verlaten... Zij heeft haar eigen leven beëindigd,' zei Hermann, bijkans razend.

Julie sloeg haar ogen neer.

Het was alsof hij zijn vrouw schuldig achtte aan wat er

met zijn zoon gaande was.

'Ik ben bereid om te helpen. Zegt u maar hoe en ik zal alles doen. U weet hoe graag ik Franz mag,' sprak de beduusde jongeman oprecht.

'Die dokter, onze vriend, zal het niet verder vertellen en wij verzoeken jou ook om het geheim te bewaren... Het zou een schande zijn voor hem en voor onze familie als dit naar buiten zou komen... De dokter denkt dat het nodig is om Franz dagelijks onder een soort toezicht te houden, zodat hij te weten komt wat hij denkt, wat hij voelt. Wij moeten hem alles doorgeven waaruit een verandering van zijn gemoedstoestand en gedrag afgeleid zou kunnen worden. Het is alleen zo dat hij de laatste jaren bijna niet meer met ons praat, hij heeft zich helemaal afgesloten in zijn eigen wereld. Jij bent de enige die tot hem doordringt. Daarom dachten wij dat jij... kijk, in deze ruimte geven onze medewerkers elke woensdag aan het einde van de werktijd alle papieren aan Julie ter inzage. Julie controleert ze tussen vijf en zeven in de middag. De medewerkers gaan rond zes uur naar huis. Het zou goed zijn als je iedere woensdag hier kon komen om aan Julie te vertellen hoe het is met Franz. Zij zal jouw indrukken aan de dokter overbrengen. Ik kan er niet bij zijn, omdat ik iedere woensdagavond vergadering heb met de stadskooplui... En al had ik het niet, ik heb zoveel te doen dat ik geen tijd heb voor de onzin van Franz. Als je iets verdachts merkt in zijn gedrag, wacht dan niet tot woensdag... Ik zal de dokter goed betalen, dan krijgen wij het, hoop ik, allemaal onder controle,' ontvouwde Hermann zijn plan.

'Hij is zo gevoelig, zo teruggetrokken,' voegde Julie eraan toe.

'Dat is de schuld van jou en van jouw familie. Verwende boekenwurmen, jullie hebben mijn bloed verdund,' sprak Hermann beschuldigend met nauwelijks verholen boosheid.

'Op mij kunt u rekenen,' zei Max om Hermanns woede-uitbarsting naar zijn vrouw te stoppen.

18

Samen lazen zij Flauberts *L'éducation sentimentale* in het origineel. Franz zou twee bladzijden hardop lezen, dan Max twee. Zo brachten ze de tijd door met een schrijver die ze beiden bewonderden en oefenden zij tegelijkertijd hun kennis van het Frans.

Op een bepaald ogenblik, midden in een passage, hield Franz stil en zei: 'Ik wil dat je weet dat ik jouw vriendschap waardeer als een uitzonderlijk geschenk dat ik door niets verdiend heb. Ik weet dat jij mij nooit zult verraden.'

Max proestte en verslikte zich bijna.

Hij dacht dat het gisteren met de ouders van Franz gesloten geheime pact een klein verraad was.

19

Zij waren als twee samenzweerders.

Het was al donker in Praag.

De medewerkers hadden het kantoor reeds eerder verlaten terwijl zij niet ophielden om over Franz te praten.

De liefde voor de gevoelige jongen en de angst om hem kwijt te raken verbond hen.

Max vertelde wat de literaire werelden van de schrijvers, waarvoor hij een onvoorwaardelijke liefde koesterde, voor Franz betekenden.

Hij probeerde haar de wonderlijke schoonheid van de verhalen van haar zoon over te brengen.

Max wist dat lezen en schrijven de bepalende pijlers waren in het leven van Franz en dat niemand, echt niemand, zelfs zijn vader niet, dat mocht onderschatten.

Voorzichtig probeerde hij aan Julie uit te leggen dat haar fijnbesnaarde zoon geen enkele vernedering meer mocht ondergaan in zijn ouderlijk thuis. Zoiets zou ongewild een aanleiding voor zelfmoord kunnen zijn.

'Ik ben zo bang dat Hermann een verkeerd woord zegt,

dat hij hem kwetst. Die twee zijn volstrekt verschillend. Ik vrees mijn zoon te verliezen aan ondoordachtheid en grofheid.'

'Probeer met uw man te praten zodat hij zich beter in de hand houdt.'

'Hij luistert naar niemand. Kan zich slecht beheersen. Zo vaak als hij grof was jegens Franz. Hij beledigt en kleineert hem. Alsof hij teleurgesteld is dat onze zoon niet anders is. Ik durf niet eens te denken aan wat Franz zou kunnen doen als Hermann hem weer zou krenken met ruwe woorden. Het is zwaar te moeten leven met een blijvende angst...'

Opeens begon Julie te huilen. Alsof zij met haar snikken het verdriet bevrijdde dat zich de laatste dagen in haar had opgehoopt.

Zó heftig werd haar huilen dat zij geen lucht meer kreeg. Max raakte in verwarring door deze uitbarsting van emoties. Hij wist niet wat hij kon doen om de ongelukkige vrouw te helpen.

Uit zijn jaszak pakte hij een zakdoek en zette toen een stap dichter bij.

Julie keerde zich naar hem toe om de aangeboden zakdoek aan te nemen, maar op dat moment brak alles in haar. Zij werd overmand door een nieuwe huilbui en zocht als een bang kind toevlucht in zijn armen. Met haar hoofd leunend op Max' schouder probeerde zij tevergeefs haar snikken te bedwingen.

'Alles komt goed, alles komt goed,' herhaalde Max terwijl hij de ontroostbare vrouw in zijn armen hield. Teder raakte hij haar schouder aan met zijn rechterhand.

Hij voelde de warmte van haar lichaam, maar ook de rondingen van haar grote borsten. Haar beven verplaatste zich naar hem.

Het was vreemd om de rijpe vrouw, aan wier geesteskracht hij nooit had getwijfeld, in zijn armen te troosten.

Teder hield hij haar tegen zich aan en liet haar zo zijn bescherming en bemoediging voelen.

Toen zij eindelijk gekalmeerd was en haar ademhaling weer rustig werd, trok zij zich voorzichtig uit de veiligheid van zijn armen terug.

Lang bleven zij daarna stil, verrast over datgene wat hen net was overkomen.

20

'Een man die een innerlijke wereld heeft en die zelf een waardenstelsel heeft opgebouwd, behoeft geen vader meer. Tenslotte verwerven ontwikkelde mensen hun belangrijkste inzichten buiten het ouderlijk thuis,' zei Max.

'De vader is de eerste God die wij leren kennen. Allen die daarna volgen zijn minder belangrijk,' zei Franz.

21

Franz was bang voor spiegels.

Hij voelde dat spiegels zijn lelijkheid toonden. Hij haatte zijn broze lichaam.

In nabijheid van sterke, weldoorvoede mensen voelde hij angst, ongemak, zwakte.

Na aankoop van een nieuw pak wist hij de volgende dag al dat het zijn lichaamsgebreken meer benadrukte dan verhulde.

22

Zij liepen over de Celetnastraat richting het Starogradski-plein. De stilte duurde te lang.

'Is er iets waarover je met me wil praten?' vroeg Max.

'Over alles waaraan ik behoefte heb, praat ik met jou,' antwoordde Franz.

'Neem mij niet kwalijk, ik twijfel niet aan jouw oprechtheid. Ik wil je alleen vertellen dat vriendschap meer is dan aangenaam samenzijn. Als je denkt dat ik je kan helpen, met wat dan ook, weet dat ik er voor je ben.'

'Ik ben mij bewust van jouw nabijheid en goede bedoelingen, ook als ik zwijg,' antwoordde Franz.

23

'De kunst heeft de ambachten harder nodig dan de ambachten de kunst. Uiteraard geloof ik niet dat men iemand kan dwingen om kinderen te baren, maar men kan iemand beslist dwingen om ze op te voeden,' stelde Franz.

Max wist niet zeker of hij deze mening met zijn vriend deelde. Deze keer antwoordde hij niet.

24

Het gebeurde op een woensdag.

In het kil ingerichte kantoor vol paperassen bespraken ze hoe goed het voor Franz zou zijn om gedurende de winterfeestdagen een paar dagen naar Wenen te gaan.

Julie vond het nodig dat Max met hem mee zou gaan op reis. Hij stemde in. Toen zij beiden stil vielen, zei Max zonder aanleiding: 'Voortdurend komt de herinnering aan Ottla's verjaardag bij mij terug. Ik genoot van ons gezamenlijk optreden. Uw stem was zo prachtig. Zo zacht en zo helder tegelijk. U zong met gemak, alsof u praatte. Liever had ik willen stoppen met spelen zodat de klanken van de piano uw stem niet zouden verhullen. Sindsdien verschijnt die stem in mijn dromen, dat lied, dat tafereel...'

Er viel een stilte.

Zodra de laatste zin was uitgesproken, besefte hij wat hij gezegd had. Hij werd bang dat zij hem zou uitlachen of grof beledigen vanwege zijn onbeschaamdheid. Het klonk alsof hij door haar bezeten was, alsof hij haar zijn liefde verklaarde.

Hij dacht dat hij zich daarvoor moest verontschuldigen, dat hij zich zijn hele leven beschaamd zou voelen vanwege deze ondoordachte uiting. In zijn gedachten zocht hij naar verontschuldigende woorden, woorden die de onbetamelijkheid, die hij net te berde had gebracht, zouden verzachten.

Voordat hij de verlossende woorden had kunnen uitspreken, antwoordde Julie: 'Ook ik denk vaak aan die avond, waaraan de herinnering mij zo dierbaar is dankzij jou. Het lied bracht me in vervoering als nooit tevoren.'

Zij glimlachte naar hem.

'Ik zou graag nog eens samen...' begon hij.

'Ik zou het ook graag willen,' zei Julie terug.

Zij deed een stap dichterbij en streek teder met haar hand over zijn gezicht.

'Jij bent zo lief,' zei ze.

Onverwacht drukte zij haar lippen op de zijne.

Hij was beduusd. Zijn hart bonsde. Onhandig beantwoordde hij de eerste kus in zijn leven.

Hoe onervaren hij ook was, toch voelde hij dat voor hem een vrouw stond die verlangde naar tederheid. De vrouw door wie hij dagenlang bezeten was geweest.

Hij beantwoordde haar kus, haar aanrakingen. Al snel vonden zij elkaar in een hevige omhelzing.

De trillingen die hij door haar rijpe lichaam voelde gaan namen ook bezit van hem.

Even maakte zij zich los van hem, liep naar de deur en draaide de sleutel in het slot.

Daarna kwam ze terug, pakte zijn handen en legde ze op haar volle borsten.

Zijn vingers trilden.

Hij begon ze zacht te strelen, bang om haar pijn te doen. Julie ademde diep, liet hem zo weten dat zij er van genoot.

Opnieuw pakte zij zijn handen en nam ze weg van haar borsten. Zij maakte de bovenkant van haar jurk los en kleedde zich uit tot de taille. Daarna trok ze ook haar blouse uit. Haar grote borsten blonken wit voor Max' ogen. Zijn blik werd getrokken naar de enorme donkere tepels.

Zij legde zijn handen terug op haar borsten en zei: 'Wees alsjeblieft teder. Streel me langzaam, heel langzaam.'

Hij behoefde geen aanmoediging.

Als een ijverige speurder begon hij een zorgvuldig

onderzoek van deze grote borsten.

Aan haar ademhaling merkte Max dat het aanraken van de stijve tepels haar het meest opwond.

Terwijl hij haar borsten streelde, overstelpte zij hem met steeds vuriger kussen.

Opeens pakte zij zijn hoofd en leidde zijn lippen naar haar linker borst.

Hij begreep wat zij wilde. Hij opende zijn trillende lippen. Haar tepel was in zijn mond.

Toen hij het aandurfde om die met zijn tong te strelen, slaakte Julie een gedempte kreet.

Eerst was Max bang dat hij haar pijn had gedaan. Kort daarna besefte hij dat hij haar net tot het hoogtepunt had gebracht.

Julie's ademhaling kwam langzaam tot rust. Max verzamelde genoeg moed om met zijn hand naar haar buik te reiken om haar de onderkant van de jurk te helpen uittrekken.

Julie worstelde zich los uit zijn armen en pakte zijn hand vast: 'Nee! Alleen van boven! Je mag mij alleen van boven aanraken.'

Daarna trok zij hem zacht naar haar volrijpe borsten toe.

25

De volgende zondag tijdens de lunch bij de Kafka's merkte hij dat Julie zijn blik vermeed.

In zijn conversatie met Hermann worstelde Max als nooit tevoren. Hij voelde zich slecht op zijn gemak en was bang voor deze luidruchtige man.

26

Franz nam het schrijven weer op.

Zo plotseling als ze was verschenen, zwakte zijn depressie af. Hij kon weer lachen en vermeed niet langer het gezelschap van collega-studenten.

Max was hier blij om, ook al voelde hij in het diepst van zijn hart dat Franz ook in de toekomst zijn eigen grootste vijand zou zijn en dat hij altijd op hem zou moeten blijven passen.

Ongeacht hoe vertrouwelijk zij met elkaar waren, hij wist dat hij zijn diepste geheim voor altijd voor zichzelf zou moeten houden.

27

Franz verachtte de studenten die bezeten waren door politiek. Hij probeerde iedere opvatting en elk wereldbeeld te begrijpen, maar hij deinsde terug voor gesprekken die regelmatig in felle ruzies eindigden.

Aan het begin van de twintigste eeuw leek de Oostenrijks-Hongaarse k.u.k.-Monarchie hem de ideale plek om te leven. Desondanks vreesde hij dat de vele nationale en politieke spanningen in het land en in zijn geliefde Praag op een dag zouden kunnen ontaarden in ongewenste rellen.

28

Hij bezocht haar alleen 's woensdags.

Hij genoot van haar omhelzingen, van de hartstochtelijke kussen. Nadat hij haar tot een hoogtepunt had gebracht, ging Julie meestal met haar hand tussen zijn benen.

Zij streelde hem over zijn broek totdat hij klaar kwam. Zij was niet bereid verder te gaan.

Op een dag durfde hij het aan. Terwijl ze bezig was haar jurk dicht te knopen, vroeg hij haar: 'Waarom alleen van boven?'

'Maakt het uit?' was haar vraag.

'Ik moet het weten,' hield hij vol.

'Je vond het fijn zo met me, dacht ik .'

'Dat vind ik ook fijn! U bent de mooiste vrouw ter wereld. Maar ik moet weten waarom u mij niet toelaat u helemaal te leren kennen.'

Zij zuchtte diep en sloeg haar ogen neer. Vertellen viel haar zwaar, even zwaar als Max achter te laten zonder enig antwoord.

'Vijf jaar geleden... Als hij drinkt, dan wordt hij een ander mens... Hij kwam naar huis na middernacht, de kinderen sliepen allang, hij was dronken als nooit tevoren... Hij wilde de liefde bedrijven met me... Ik wees hem af... Hij kwam op mij af... ik vocht er tegen zo hard ik kon... Daar werd hij alleen maar razend van... Opeens sloeg hij me... ik raakte buiten bewustzijn... Dat weerhield hem er niet van zich op te dringen... Toen ik weer bijkwam deed alles pijn... Toen heb ik besloten om hem nooit meer in mij te laten... Hem of wie anders dan ook. Nooit!'

Haar stem trilde.

'En hij?' vroeg Max.

'De volgende dag toonde hij zich beschaamd. Ik zwoer dat ik hem zou vermoorden als hij mij ooit weer zou dwingen tot vrijen. In de laatste vijf jaar hebben wij niet één keer gevreeën... Ik weet dat hij iedere vrijdag naar het bordeel gaat.'

'Waarom staat u dat toe?'

'Wat kan ik anders?'

29

De vrienden brachten vijf dagen in Wenen door. Overdag wandelden zij door de stad, bezochten musea en bibliotheken en 's avonds gingen zij naar de opera, concerten of naar de schouwburg.

'Ooit... zou ik mij het leven in Wenen kunnen voorstellen,' zei Franz.

'Vergeet niet dat een mooie stad, die zoveel te bieden heeft, het nog zwaarder maakt om iedere dag naar het werk te gaan en saai kantoorwerk te doen,' antwoordde Max.

'Misschien heb je gelijk,' stemde Franz in.

30

Zij haalde haar vingers door zijn haar, kuste teder zijn wang en zei: 'Zo kunnen wij niet verder. Wij moeten stoppen, voor altijd stoppen!'

Dit had hij niet verwacht. Even daarvoor had hij gehoord hoe ze klaar kwam toen hij vol overgave aan haar tepels zoog.

'Maar, wij vinden het fijn, u en ik!'

'Stel je voor dat iemand er achter zou komen!'

'Ik houd van u.'

'Praat niet over liefde! Dit is alleen hartstocht!'

'Dit is liefde! Voor mij is dit liefde!' antwoordde Max met overtuiging.

Daarna viel er een ongemakkelijke stilte.

'Wij hebben geen toekomst. Ik ben meer dan twee keer zo oud als jij.'

'Laat alles achter u! Uw gezin, Praag, vrienden! Ik zal ook alles achterlaten. Wij kunnen samen naar Amerika vluchten, onze namen veranderen en met elkaar een leven beginnen daar waar niemand ons kent, als u maar...'

'Je praat als een kind!' onderbrak Julie hem.

'Ik praat als iemand die oprecht liefheeft!' antwoordde Max.

'Wij zijn aan het einde gekomen,' zei Julie.

'Zo voel ik het niet,' stelde Max.

'Wij moeten stoppen voordat wij ons allebei te schande hebben gemaakt. We kunnen geen schandaal hebben. Noch jij noch ik.'

'Ik kan mij het leven zonder u niet voorstellen.'

'Je zult het wel moeten,' zei ze ruw terug.

'Ik dacht dat u ook van mij hield.'

Er kwam geen antwoord.

Zij gingen uit elkaar met een gevoel van groeiende misselijkheid.

31

Hij voelde zich afgewezen.

Hij miste haar aanrakingen. Niets schonk hem nog vreugde. Hij werd overspoeld door moedeloosheid. Wat er ook door zijn hoofd ging, zijn gedachten kwamen uit bij Julie. Alles deed hem aan haar denken, zelfs situaties die niets met haar te maken hadden.

Zondag voelde hij zich warm. In de avond had hij al verhoging. Een waarachtige uitputting overmande hem. Hij rilde van koorts.

Al bij de gedachte aan voedsel werd hij misselijk, eten kon hij niet.

Nadat hij in bed was gaan liggen, kwam het koude zweet in golven.

Die maandag ging hij niet naar de colleges.

32

Dinsdagavond kwam Franz hem bezoeken.

'Waar blijf je? Je bent al twee dagen niet naar de universiteit gekomen.'

'Ik ben ziek,' antwoordde Max.

'Je had een bericht kunnen sturen.'

'Ik dacht dat ik al beter zou zijn geworden.'

'Zal ik er een dokter bij roepen?' vroeg Franz.

'Geen sprake van. Het is al goed. Ik ben uitgeput, dat is alles. Ik heb rust nodig, stilte, respijt van alles.'

'Zal ik je wat te eten brengen?'

'Nee, bedankt. Mijn zus was vandaag hier. Zij heeft lunch gebracht, maar ik kon geen hap eten,' zei Max.

'Is het niets gevaarlijks?'

'Maak je geen zorgen. Over een paar dagen is alles weer goed.'

33

Vrijdag was de koorts gezakt.

Nadat hij uit bed was gekomen, ging hij met veel inspanning naar de universiteit.

Hoezeer hij ook probeerde zich op de colleges te richten, de woorden van de hoogleraar bereikten hem niet.

Het was alsof hij luisterde naar het geruis van de golven.

In de pauze kwam Franz naar hem toe en zei: 'Zondag viert mijn moeder haar verjaardag. Zij vroeg mij om je uit te nodigen.'

'Dank haar voor de uitnodiging, maar ik zal niet komen.'

'Waarom niet?'

'Ik ben nog steeds zwak, uitgeput... Zelfs de komst naar dit college heeft mij uitgeput.'

'Mocht je je beter voelen, kom dan beslist. Zij zal het fijn vinden, net als wij allemaal.'

Hoewel hij zich zondag hersteld voelde, ging hij niet naar haar verjaardag. Hij was boos op haar en wilde haar moedwillig kwetsen door weg te blijven.

Tegen bedtijd bedacht hij dat hij een fout had gemaakt en zichzelf tekort had gedaan, door zich die dag haar nabijheid te ontzeggen.

Een gevoel van woede beving hem.

In zijn herinnering riep hij haar bekoorlijke stem op. Hij bedacht dat zij die dag ongetwijfeld had gezongen, als hij maar langs was gegaan en achter de vleugel was gaan zitten.

Plotseling begon hij te huilen.

Het duurde lang voor hij zichzelf weer in toom kon houden.

34

Die woensdag ging hij niet naar Julie voor hun gesprek. Zij verwachtte hem, wist hij. Over Franz wilde hij met haar niet praten. De kracht ontbrak hem om haar in de ogen te kijken en te 'keuvelen' over de zenuwen van haar zoon.

Hij kon haar niet vergeven dat zij hem had afgewezen. Doorgaan met de ontmoetingen op woensdag zou vanaf nu ook zijn zelfbeheersing veronderstellen. Dat zou hem zonder twijfel te zwaar vallen.

Alleen muziek gaf hem troost. 's Nachts ging hij naar concerten en naar de opera of probeerde hij te componeren in zijn kamer, daarbij de oude meesters imiterend.

35

Die zaterdag brachten zij drie lange uren in het koffie-lokaal door pratend over de ideeën van Kierkegaard. De grote filosoof die ongeveer vijftig jaar eerder was overleden zou zeker gelukkig zijn geweest als hij had kunnen horen hoe zijn woord leefde bij deze jongemannen.

Franz hield van zijn boek *Of-of* waarin een estheticus en een ethicus debatteren over de gradaties van het menselijk bestaan.

Het esthetisch handelen beschreef de filosoof als goddeloos en egocentrisch en hij plaatste daar het ethisch-religieuze tegenover, dat gevuld was met het plichtsbesef.

Max was op zijn beurt het meest onder de indruk van Kierkegaards boek *Angst en beven* waarin hij sprak over Goddelijke geboden en de notie van offers brengen, middels het verhaal over Abraham en zijn zoon.

Aan de felheid waarmee ieder van de twee zijn duiding van de Deense filosoof verdedigde moest de ober, die ze op die dag bediende, hebben gedacht dat zij redetwistten over een gebeurtenis van diezelfde ochtend.

36

Ook de derde woensdag op rij ging hij niet voor een gesprek naar Julie. Kort nadat hij van de universiteit terugkeerde, pakte hij Balzacs roman *Verloren illusies* en begon de meest indrukwekkende passages die hij zich kon herinneren van de eerste keer dat hij het boek las in een willekeurige volgorde te herlezen.

Iemand klopte aan de deur!

Hij schrok ervan, verwachtte niemand.

Nog voordat hij 'binnen' kon uitspreken, ging de deur open en Julie betrad de kamer.

Hij dacht dat hij een visioen kreeg.

Haar gezicht was bleek, haar prachtige ogen hadden donkere kringen die getuigden van slapeloosheid.

Zij keken elkaar lang woordeloos aan voordat zij begon: 'Ik hoopte dat je tenminste vanavond zou komen.'

Hij wilde niet toegeven hoeveel moeite het hem had gekost om niet voor het gesprek naar het kantoor te komen waarin hij de emotioneel hevigste momenten van zijn leven had beleefd.

Zij kwam een stap dichterbij en gaf toe: 'Je had gelijk. Dit tussen ons is liefde en niet alleen hartstocht. Na de afgelopen drie weken weet ik zeker dat het liefde is. Ik miste je zo erg.'

Zij was het huilen nabij, zocht bij hem vergeving en tederheid.

Met zijn hand liefkoosde hij haar gezicht en drukte haar tegen zich aan. Lang hield hij haar in zijn armen vast, alsof hij bang was dat iemand haar af zou pakken.

Zij waren als twee speurders die lang geleden op zoek waren gegaan naar elkaar en die elkaar nu waren tegengekomen aan het einde van de wereld, nadat zij de laatste hoop hadden laten varen.

Hij voelde haar lichaam met zijn lichaam. Hij streelde haar en kon niet genoeg krijgen van haar nabijheid, haar aanrakingen.

Zonder haast begonnen zij elkaar uit te kleden. Nadat hij haar had geholpen met het losknopen van de bovenkant van haar jurk, ging hij door zonder af te wachten.

Ze stribbelde niet tegen.

Even later stond zij helemaal naakt voor hem.

Zijn borst zwol bij de aanblik van de grote zwarte driehoek. Hij trok zijn laatste kleding uit. Vreemd genoeg voelde hij geen gêne om zijn naaktheid.

Zij kwamen dichter bij zijn bed.

Hij gooide het dekbed op de grond en begon haar te zoenen op haar gezicht, lippen, hals, op de borsten die hij de afgelopen dagen zo gemist had.

Steeds lager ging hij, haar buik teder bedekkend met zijn zoenen. Toen hij haar vrouwelijkheid bereikte, trilde haar lichaam.

Zij ademde nog dieper.

Hij werd duizelig van de bedwelmende geur. Aangemoedigd door haar kreetjes ging hij door. Zij gaf zich helemaal aan hem.

Met haar linkerhand trok zij hem omhoog en met de rechter pakte zij zijn lid en leidde het bij haar naar binnen.

Het volgende ogenblik waren zij één. Het genot deed hem zijn bewustzijn bijna verliezen, en alleen met opperste inspanning hield hij zichzelf staande.

De hele wereld leek te zijn verdwenen. Alleen zij

bestonden, twee wezens die zich verloren in hun samenzijn.

Deel 2

37

Zestien jaar waren voorbijgevlogen.

Het grote rijk was verdwenen in een bloedige wereld-oorlog. Europa kreeg een nieuw gezicht.

Geboorte en overlijden gingen hand in hand. Een wieg boven een open graf zou het meest treffende symbool zijn geweest van die zwarte tijd.

Al twee jaar leefden Max en Franz in de Republiek Tsjecho-Slowakije waar de Duitsers niet meer de heersende klasse vormden. De spanningen tussen hen en de Tsjechen groeiden met de dag.

Inmiddels had Max een aanzienlijke reputatie opgebouwd. Als vierentwintigjarige publiceerde hij zijn eerste roman en met zesendertig jaar had hij al vijf boeken in druk en bezat hij de status van zowel een goede musicus als van een vaardige theatercriticus.

In het zevende jaar van zijn huwelijk met Elsa Taussing was hij een verantwoordelijke vader en echtgenoot.

Aan het geluk van zijn dochter wijdde hij zich even gewetensvol als aan het idee dat de Joden weer in Palestina zouden wonen.

Tsjechen, zowel als Joden en Duitsers hadden ontzag voor hem. In zijn omgeving gold de jonge man als iemand die veel had bereikt.

38

In tegenstelling tot Max was er bij Franz bitter weinig veranderd in die zestien jaar. Op de leeftijd van zevenendertig woonde hij nog steeds alleen. Hij was ongetrouwd en wist zich verscheurd tussen zijn onvervulde wensen en de overspannen verwachtingen van zijn overheersende vader.

Voor Hermann was het een schending van de familie-eer dat zijn zoon hem nog niet een kleinzoon had geschonken die hun naam zou doen voortleven.

Zijn drie dochters waren al gehuwd en gezegend met kinderen die andermans achternamen droegen.

Franz verbrak zijn verloving met Felice Bauer in 1917, na vijf lange jaren van verkering.

Er was geen sprake van echte liefde. Er was niets meer dan een vertoning van wederzijdse bezitterigheid in een moeizame verbintenis die zinloos was aangegaan en waarvan de instandhouding nog minder gerechtvaardigd was.

Toen het allemaal achter de rug was, verdacht Max Franz ervan dat hij Felice had gekozen als verloofde juist omdat ze in Berlijn woonde, zodat zij altijd gescheiden zouden blijven door een treinreis van ruim zes uur.

Het leek wel of Franz bewust koos voor vrouwen die hij niet kon bezitten, bij wie vele obstakels hem scheidden van hun omhelzingen. Hij begon alleen aan díe verhoudingen, die al bij aanvang de kiem droegen van goede redenen om ze in de toekomst te beëindigen.

Felice was voor Franz nooit een vrouw geweest naar wie een man kon verlangen. Zij was slechts een volmaakt onbeduidende persoon die men zich moeiteloos in de rol van een keurige echtgenote kon voorstellen.

Maar zij was ook iemand wier kracht hij vreesde.

In de brieven die hij aan haar stuurde beschreef hij veel minder zijn gevoelens voor haar dan zijn ziektes en zwakheden. Daarin vond hij goede redenen om de bruiloft eindeloos uit te stellen.

Toen het er op leek dat hij door de druk van hun families niet meer aan het ongewenste huwelijk zou kunnen ontsnappen, schoot een gemene tuberculose hem te hulp.

Een man die bloed ophoestte had ongetwijfeld het recht om zich terug te trekken uit een voorgenomen huwelijk en het banale leven dat er op zou volgen.

Hij verwelkomde de ziekte als zijn redding. Zij rechtvaardigde ontegenzeggelijk zijn aftocht en verpakte zijn lafheid in een acceptabel papiertje.

39

Slechts twee jaar na de breuk met Felice verloofde Franz zich met Julie Wohryzek.

Eén gesprek met dit onbenullige meisje was voor Max voldoende om te weten dat zij Franz niet veel te bieden had.

Toen zijn vriend hem toevertrouwde dat hij trouwplannen met Julie had, keek Max hem recht in de ogen en sprak zacht: 'Zij is in Parijs, jij in Schelesen. Als zij in Schelesen zal zijn, zul jij in Praag verblijven, wanneer zij naar Praag komt, zul jij naar Berlijn vertrekken. Neem mij niet kwalijk, maar ik moet je erop wijzen dat een bruiloft alleen dan mogelijk is als beide partners tegelijkertijd op dezelfde plaats zijn.'

Franz sloeg zijn ogen neer.

Julie Wohryzek bleef inderdaad iemand die Franz blijvend ontweek.

Toch vroeg Max zich af, of hij het recht had om voor zijn vriend de illusie van een huwelijk dat nooit plaats zou vinden te verstoren.

40

Als schrijver stond Franz in 1920 in de ogen van anderen nog steeds aan het begin van zijn carrière. Zélf daarentegen voelde hij dat hij aan het einde was, dat hij alles had opgeschreven wat hij te melden had. Hij dacht dat zijn onvoltooide werken voor altijd onvoltooid zouden blijven, en waardeloos. Deze vertwijfeling nam hem zijn scheppingskracht af.

Dankzij Max' tussenkomst publiceerde Ernst Rowohlt een bundeltje met korte verhalen van Franz. Daarbij liet de uitgever, die in de jaren die volgden echte roem zou verwerven in schrijverskringen, Max vertrouwelijk weten: 'Ik steun uw verwachtingen van Kafka's werk. Die korte schetsen en ascetische verhalen zijn op zich zelf geen grote literatuur, maar de ongewone sfeer geeft ze een aankondiging van iets groots en bijzonders.'

Franz' eerste boekje werd gepubliceerd toen hij dertig werd. Wegens de geringe omvang werd het boekje gedrukt met ongewoon grote letters in een oplage van slechts vijfhonderd exemplaren.

Een jaar of wat later gaf Kurt Wolff *De gedaanteverwisseling* uit, een ongewoon verhaal van Franz over een man die in een insect verandert. Daarna publiceerde hij zijn verhalencyclus *Een plattelandsdokter*.

Voor de weinige kenners der letterkunst was Franz een beginneling die symbool stond voor de belofte van iets nieuws. Voor gewone lezers bestond hij niet eens.

Een jaar of tien daarvoor had Max opgetogen de eerste hoofdstukken van zijn onvoltooide romans *Het proces* en *De man die verdween* gelezen (*De man die verdween* zou later de titel *Amerika* krijgen).

Toen had hij met onverhulde vervoering in literaire salons beweerd dat deze werken in wording geniaal waren.

Hij geloofde in de romans en in zijn vriend en hij probeerde hem tevergeefs over te halen om ze zo snel mogelijk af te maken en uit te brengen.

Met de komst van de grote oorlog werd hij getuige van Franz' scheppingswanhoop en zijn verlies aan belangstelling voor het schrijven.

Kafka leek op een vroegtijdig verouderd kind dat de wereld van de volwassenen nog niet accepteerde. Hij had al jarenlang niets belangrijks geschreven of iets wezenlijks ontworpen.

Max vermoedde dat zenuwziekte en later tuberculose ten grondslag lagen aan het verlies van inspiratie bij Franz.

Literaire autoriteiten aan wie Max jaren daarvoor luidruchtig een nieuwe schrijver had aangekondigd, na wie de literatuur nooit meer dezelfde zou zijn, vroegen hem nu en dan schertsend wat er ondertussen was gebeurd met 'die schrijver', of hij nog schreef en of hij die grootse werken misschien al gepubliceerd had.

Max schaamde zich soms voor Franz. Hij, die het meest in zijn talent had geloofd, twijfelde na verloop van tijd ook het meest.

41

Nadat hij afgestudeerd was in de rechten, kreeg Franz een baan bij het *Verzekeringsinstituut voor Arbeidersongevallen van het koninkrijk Bohemen* in Praag. Hij kwam dagelijks in aanraking met menselijk ongeluk. Hij werkte overdag en schreef 's nachts. Daarom was het geen wonder dat de duisternis zich in zijn teksten nestelde.

Toen in 1918 de Donaumonarchie verdween, was zijn kennis van het Tsjechisch de redding van zijn baan in de jonge staat die in het gebruik van de eigen taal volhardde.

42

Max nodigde hem uit om samen naar het cafélokaal Arco te gaan. Daar kwamen intellectuelen en kunstenaars bij elkaar die probeerden de nationale verschillen tussen de Tsjechen en de Duitsers te overbruggen.

Niet erg genegen om mee te gaan, klaagde Franz over

pijn in zijn maag. Daarop zei Max: 'Je gaat toch niet vanwege je maag een aangename bijeenkomst missen? Vanavond komt ook Ernst Polack, samen met Werfel uit Wenen.'

Beiden kenden ze de werken van Polack uit literaire tijdschriften, die ze vaak bespraken.

Opnieuw was Franz in een gemoedstoestand waarin de eenzaamheid hem liever was dan gezelschap, maar Max drong aan.

Louter om Max niet te kwetsen, stemde hij in met diens uitnodiging voor een bezoek aan het cafélokaal Arco.

Franz kwam er zelden, en dan voornamelijk als een waarnemer van de literaire en sociale kringen waarin men zich richtte op de moderne letterkunst en op de verzoening van verschillende maatschappelijke groeperingen die in die tijd bestonden in Praag.

Als Max ook maar een vermoeden had gehad over wat er op die avond in 1920 in het cafélokaal Arco zou gebeuren, dan was hij zonder twijfel de laatste persoon ter wereld geweest om Franz daarheen mee te nemen.

Ernst Polack, die zij zouden ontmoeten, was niet alleen beroemd om zijn teksten, maar was vaak het onderwerp van roddels in achterkamers. De grote rokkenjager ging van de ene affaire naar de andere en schuwde daarbij de schandalen niet. Zelfs zijn huwelijk met de jonge Tsjechische journaliste Milena Jesenská was een soort roddel geworden.

Milena stamde uit een voorname Tsjechische familie. Een relatie met een man zoals Ernst stond voor haar familie gelijk aan een schandaal.

Haar ouders dreigden haar te onterven als ze met hem zou trouwen, maar alle dreigementen ten spijt bleef hun jonge verliefde dochter halsstarrig vasthouden aan haar besluit. Zij stormde het huwelijk binnen, zonder de tijd te nemen om erover na te denken.

Milena's vader was er van overtuigd dat het om gewone, typisch vrouwelijke koppigheid ging.

'De brutale teksten over vrouwenrechten die je in de kranten schrijft en die losbandige Ernst met wie je bent getrouwd zonder mijn toestemming zullen nog eens je ondergang worden. Bovendien is hij een Jood en jij bent Christen. Dat gaat niet samen. Zolang je met hem bent, hoef je niet op mijn financiële steun te rekenen.'

Zijn dreigement voerde hij uit.

Hij hielp ze niet en liet zijn eigenzinnige dochter en de ongewenste schoonzoon leven op de rand van armoede.

Op paradoxale wijze raakte Milena in één dag zowel haar familie als haar grote liefde kwijt. Ernst bleef een schoft die door het huwelijk met de jonge vrouw geen haar beter werd.

Van de ene op de andere dag veranderde de hartstochtelijke minnaar in een onbetrouwbare echtgenoot op wie zij op geen enkele manier kon rekenen.

Toen zij het cafélokaal betraden, zagen zij de dichter Franz Werfel aan tafel gepassioneerd debatteren met twee jonge Praagse schrijvers.

'Zoals wij uit Freuds boek *De droomduiding* het bestaan van onbewuste geestelijke inhoud ontdekken die zich openbaart in beelden en symbolen zodat wij de betekenis van een bepaald symbool proberen te ontrafelen, zo zou iedere literaire criticus moeten doordringen tot de onbewuste laag van het gedicht dat hij ontleedt. Een gedicht wordt namelijk geboren op het fundament van het onbewuste en het is de wens van de dichter om zijn innerlijke beleving aan de oppervlakte te brengen.'

Hij voelde iemand achter hem staan en draaide zich om.

'Max, Franz, dat is lang geleden!' zei hij oprecht blij.

Werfel was geboren in Praag en was tegen het einde van de oorlog in Wenen gaan wonen. Slechts sporadisch ging hij nog naar Praag.

'Je praat weer over Freud,' veronderstelde Max.

'Heb jij iets interessanters?' antwoordde Werfel met een tegenvraag.

'Waar is Ernst?' vroeg Max.

'Hij is naar het hotel om Milena te halen en kan ieder moment komen.'

'Is zij met hem meegereisd?' Max was gemeend verrast.

Werfel maakte zich vrolijk. 'Zij laat hem nergens meer alleen. Is bang dat hij ontsnapt naar een bordeel of in de armen van iemand anders terecht komt.'

'Hij is een onverbeterlijke schurk!' zei Max.

Vervolgens sprak Werfel enthousiast over het recente gastoptreden van het Italiaanse operagezelschap in Wenen. Als kenner en liefhebber van muziek nam Max het onderwerp over en probeerde uit te leggen waarom de Italiaanse taal het meest inschikkelijk was voor uitdrukking in de opera.

Franz luisterde aandachtig naar hen, zonder zijn eigen mening ten gehore te willen brengen.

Hij dacht dat Max meer verstand had van muziek dan hijzelf.

Toen Ernst en Milena het lokaal binnenstapten, viel iedereen stil. De jonge vrouw was opvallend bleek, had uitgesproken ogen en een speelse blik die getuigden van haar onderzoekende geest.

Bij de kennismaking sprak Franz zacht zijn voor- en achternaam uit. Milena was opgetogen: 'U bent het! Ik heb uw verhaal *De gedaanteverwisseling* gelezen. Het heeft veel indruk op me gemaakt.'

Deze opmerking stemde Franz blij. Hij hoorde zelden lovende woorden over zijn literaire werk.

De luidruchtige Werfel werd overstemd door de nog luidruchtiger Polack. Zij praatten over de Weense en Praagse schrijvers, over nieuwe romans en nieuwe poëziebundels.

Van dit alles bleef Franz weinig bij, slechts het sprekende gezicht van de jonge vrouw wier blik hem vaaglijk verontrustte.

43

In de maand daarna verbleef Franz voor behandeling in Merano. Hij was blij om het kantoor te ontvluchten en verwelkomde de rust en de stilte.

Zijn longen snakten naar de gezonde buitenlucht die hij kon inademen in dat bekoorlijke stadje omringd door hoge bergen.

Nadat hij enkele dagen had doorbracht met bergwandelingen, lezen en luieren, moest hij zichzelf bekennen dat zijn gedachten voortdurend bij de jonge schrijfster en journaliste uit het cafélokaal Arco waren.

Bij het afscheid had ze tegen hem gezegd dat zij graag ook zijn andere verhalen zou willen lezen. Hij had beloofd haar deze toe te zenden en zij liet hem haar adres in Wenen achter.

In haar bewondering voor zijn verhaal *De gedaanteverwisseling* evenals in haar wens om zijn andere teksten te lezen en in het achterlaten van haar adres zag Franz een toenaderingspoging van de mooie vrouw. Een bijna directe uitnodiging om elkaar weer te ontmoeten. Maar hij vreesde tegelijkertijd dat het slechts zijn eigen wensen en ongefundeerde verzinsels waren, dat hij teveel aandacht schonk aan kleine toevalligheden.

Daarom waren zijn eerste brieven timide, onzeker, voorzichtig.

Pas nadat zij antwoordde, overtuigden haar brieven hem ervan dat zij zich voor hem openstelde. Hij kon er eenvoudig uit afleiden dat zij ondanks haar huwelijk erg eenzaam was en diep ontreddered.

Franz begon uitvoerig te schrijven.

De noodlottige nacht in het cafélokaal Arco was vervaagd in zijn herinnering, maar hij vulde de leegte met zijn verbeeldingskracht.

Franz' jarenlange hunkering naar de volmaakte vrouw vulde zijn beeld van Milena in en gaf haar ook díe karaktertrekken die haar persoonlijkheid niet rijk was.

In slechts enkele weken groeide de briefwisseling tussen de schrijver en zijn toekomstige vertaalster uit tot een innige blijk van genegenheid.

Hij nodigde haar uit naar Merano te komen, zij hem

naar Wenen. Hoezeer ze allebei ook verlangden naar een spoedige ontmoeting, evenzeer vreesden ze haar, bang dat de alledaagse werkelijkheid de romantische toenadering van hun fijnbesnaarde zielen zou kunnen verbreken.

44

In een gesprek met de uitgever Kurt Wolff over de romans *Het proces* en *De man die verdween*, zei Max: 'God heeft hem een groot talent geschonken en een tekort aan zelfvertrouwen.'

'Daarom heeft hij jou naar hem gestuurd. Jij vervangt zijn geloof en zijn zelfvertrouwen. Als jij hem niet kunt overhalen om die romans te publiceren, kan niemand anders het,' antwoordde Wolff.

Max knikte.

'Maar weet dat hij zonder een gepubliceerde roman nooit een veelgelezen schrijver kan worden,' voegde Wolff eraan toe.

45

Franz nam de gewoonte aan om in de vroege avonduren naar bed te gaan.

Milena bezocht hem in zijn dromen, waarin zij mooier was dan in werkelijkheid.

Zonder een enkel woord te zeggen, wisselden zij blikken uit.

Wakker worden ervoer hij als een wreed verlies.

Kort na het ontbijt en zijn ochtendwandeling ging hij achter zijn bureau zitten. Terwijl hij haar schreef, was hij weer verbonden met haar.

46

Franz liet zelden van zich horen uit Merano, merkte Max. Slechts drie korte brieven die leken op haastig geschreven berichten ontving hij van hem. Hij duidde het als de wens van zijn vriend om al zijn krachten te sparen voor de genezing. Wat de echte reden was, kon hij niet vermoeden.

Aan het begin van de zomer keerde Franz terug naar Praag, waar de saaie kantoorwerkzaamheden hem in beslag namen.

Omdat hij gedurende het hele voorjaar met ziekteverlof was geweest, deelde men hem al op de eerste dag mee dat hij geacht werd die zomer achter zijn bureau door te brengen.

Doelbewust sprak hij met Max af in het cafélokaal Arco, de plek waar hij Milena had ontmoet. Hij wilde het noodlottige moment van hun kennismaking opnieuw beleven, haar glimlach en de woorden die ze toen uitsprak.

'Je ziet er goed uit,' zei Max.

'Ik voel me ook goed,' antwoordde Franz.

Hoewel hij een vraag stelde over het Praagse nieuws, luisterde Franz maar half naar Max' antwoord.

Hij had geen zin om te praten over zijn tuberculose-behandeling of over Merano.

Ogenschijnlijk zonder aanleiding begon hij te vertellen over Milena en over de artikelen die hij van haar gelezen had. Hij prees haar schrijfstijl en haar vaardigheid om gedachten helder vorm te geven.

'Ik heb af en toe wat van haar gelezen, maar ik was er niet van onder de indruk,' zei Max eerlijk.

Franz was even in verlegenheid gebracht, maar ging toen door: 'Je moet ze nogmaals aandachtig lezen. Zij zijn echt goed. Weet je, ze is begonnen mijn teksten naar het Tsjechisch te vertalen.'

'Zij vertaalt jou naar het Tsjechisch?'

'Ja, voortreffelijk zelfs.'

'Maar waarom? Jij spreekt die taal perfect, je hebt geen vertaler nodig. Je kunt jezelf vertalen.'

'Nee, Max, het is niet goed dat een schrijver zichzelf vertaalt, zelfs niet wanneer hij beide talen uitstekend beheerst. Geen enkele schrijver kan voldoende afstand tot zijn tekst nemen, iets wat een vertaler moeiteloos verwezenlijkt.'

Hoewel Max het met dit argument wel eens was, besefte hij opeens dat deze verrukking met Milena's journalistieke talenten en vertaalvaardigheden op andere gronden berustte.

'Franz, ik heb het gevoel dat je iets verzwijgt.'

Kafka sloeg zijn ogen neer, zuchtte diep en zei zachtjes: 'Zij is wonderbaarlijk mooi. Een vrouw zoals ik mijn hele leven heb willen hebben. Ik houd van haar zoals ik nog van niemand heb gehouden. Gelukkig heb ik in haar hart een warme plek veroverd.'

Max was verrast. 'Maar zij is getrouwd!'

'Haar huwelijk staat op instorten. Zij houdt van mij en mij alleen.'

Hij praatte als een verliefde jongen.

'Hoeveel jaar jonger dan jij is ze?' vroeg Max.

'Dertien jaar. Schertsend schreef ik haar dat ik haar van God als cadeau kreeg voor bar mitswa.'

Nu begreep Max waarom de brieven van zijn vriend zo schaars waren geworden gedurende de laatste maanden.

'Maar jij bent verloofd met Julie!' voerde Max aan als laatste argument tegen deze nieuwe relatie.

'Niet meer.' antwoordde Franz.

47

Bij zijn terugkeer uit Merano naar Praag had Kafka een tussenstop gemaakt in Wenen. Met weinig woorden en zonder veel emoties had hij zijn verloving met Julie Wohryzek verbroken.

Alsof zij vermoedde dat zij hem niet kon behouden en dat er een andere vrouw in het spel was, deed Julie geen poging om hun relatie te redden.

De volgende dag al had hij met Milena gewandeld in de heuvels bij Wenen.

Dat was haar voorstel geweest.

Zij had hem meermaals geschreven over de goede lucht daar, die even heilzaam zou zijn voor zijn longen als een verblijf in een kuuroord.

Hij vermoedde dat zij wilde vermijden met hem gezien te worden in dezelfde stad waar zij met haar man woonde. Hij wist dat zij ernaar verlangde dat hun liefde uit de brieven naar de werkelijkheid zou verhuizen. Hij wenste dat ogenblik even hevig als hij het vreesde.

Zij waren als spelende kinderen die net aan het toezicht van hun ouders waren ontsnapt.

Haar lach was oprecht en tinkelend. Alles om haar heen, zelfs een bloemetje in de berm, stemde haar vrolijk.

'Ik heb twee geschenken voor je. Ik hoop dat je van beide zult genieten. Een is klein en de ander is groot,' Milena's stem klonk koket. Zij glimlachte geheimzinnig.

'Hoe kan het grote geschenk in de picknickmand passen?' vroeg Franz.

'Je vindt mijn geschenken niet in de mand,' antwoordde Milena.

'Waar zijn ze dan?' vroeg Franz.

Behalve de picknickmand had Milena niets anders bij zich.

'Dat laat ik je in het bos zien.'

'Waarom niet hier?'

'Stel dat iemand langskomt,' zei ze.

Het zweet brak Franz uit. Zijn hart ging sneller. Het ogenblik dat in de afgelopen weken steeds dichterbij was gekomen, brak nu aan, zo voelde hij.

Milena liep twee stappen voor hem. Gewillig volgde hij deze levenslustige vrouw.

Na korte tijd ging ze het bos in. Dorre takken knisperden onder haar voeten. Door de kronen van de grote bomen was de junihitte minder voelbaar.

Zij stopte. Franz stopte ook.

Ze zette de mand op de grond en zei: 'Het is zover. Ik ga je nu het kleine geschenk geven.'

Franz bewoog niet. Zij moest een stap in zijn richting zetten en ontmoette zijn blik waarin vrees lag. Bewegingsloos bleef hij staan, zonder enig initiatief te tonen.

Milena haalde haar vingers door zijn haar en drukte haar lippen op de zijne.

Hij kuste haar terug. Ze smaakte zoet.

Om weer op adem te komen, begon hij haar hals en schouders te zoenen. Zij giechelde en kuste hem daarna nog heftiger.

'Ik houd van je, mijn lieve, ik houd van je,' prevelde Milena, opgewonden door de liefkozingen die zij uitwisselden.

'En ik houd van jou, jij bent prachtig,' antwoordde Franz.

Opeens stopte Milena en vroeg: 'Vind je mijn kleine cadeau leuk?'

'Twijfel je daaraan?' was zijn antwoord.

'Dan is het nu tijd voor het grote,' zei de jonge vrouw en begon zich uit te kleden.

Paniek overviel Franz.

Hij kon zich niet voorstellen dat zij op de grond de liefde zouden bedrijven. Of staand, als beesten. Hij vreesde dat ze zijn stakerige lichaam in het daglicht lachwekkend zou vinden, allerminst aantrekkelijk.

Terwijl de wellustige vrouw zich langzaam uitkleedde, bleef hij als verlamd, staan. Hij zag een hitsig wijfje dat hunkerde naar het lijfelijk samenzijn. Moeizaam kwam hij in beweging en deed een stap dichter bij om haar te stoppen.

'Nee, Milena, nee, jouw echtgenoot...'

'Noem hem niet, ik haat hem! Hij gaat vreemd met andere vrouwen zodra hij de kans ziet. Jij bent de enige man van wie ik houd.'

'Maar jij bent nog steeds zijn wettige echtgenote!'

Hij pakte haar handen vlak voordat zij haar borsten ontblootte en riep nog beslister:

'Hou op! Je weet hoeveel ik van je houd, maar wij kunnen het toch niet hier in het bos doen!'

'Waarom niet?'

'Wij zijn geen beesten.'

Hij had haar beschaamd gemaakt.

Zij twijfelde nu aan haar voornemen. Zijn woorden veranderden de hartstocht van een verliefde vrouw plotseling in een platvloersheid.

Met neergeslagen ogen kleedde zij zich aan.

Pas nadat ze de laatste knoop had dichtgemaakt probeerde Franz haar gêne, die hij zelf had veroorzaakt, te verzachten met tedere kussen.

Toch voelde zij zich vernederd.

48

In de brieven die volgden, zou dit voorval in het bos nog het vaakst worden aangeduid als het ogenblik van hun samenzijn. Als een aanmoediging om tederheden uit te wisselen, maar ook voor de bewering van Franz: 'Ik ben smerig, Milena, hopeloos smerig, daarom maak ik zoveel ophef om reinheid. Geen stem zo zuiver als van diegenen die zich uit de diepste kringen van de hel laten horen.'

Snel daarop antwoordde ze dat zij daarin geen smerigheid kon zien. Zij vond dat smerigheid alleen van buitenaf kon komen, terwijl zij in haar beleving werden gedreven door hevige innerlijke gevoelens.

Milena voelde dat Franz haar niet met haar man wilde delen. Zij dacht dat Kafka zo naar reinheid hunkerde dat de gedachte om andermans vrouw te beminnen onverdraaglijk was.

Toen zij hem schreef dat ze zich opmaakte om haar huwelijk te laten ontbinden, kreeg zij geen steun van hem. Hij suggereerde dat zij goed moest nadenken, alsof zij op iets onfatsoenlijks afstevende.

Hoe meer ze van hem hield, des de meer bracht hij haar in verwarring.

49

Max voelde dat hij bezig was zijn vriend kwijt te raken.

Hoewel Franz maandenlang in Praag verbleef, ontmoetten zij elkaar slechts een paar keer. Hij sprak uitsluitend over Milena.

Max deelde zijn verrukking jegens deze jonge vrouw niet, zodat hun gesprekken steeds korter werden.

Hij vermoedde dat Franz in de persoon van Milena een gesprekspartner over de literatuur had gevonden en de ideale vrouw van zijn dromen.

Max werd verteerd door jaloezie.

Franz vertelde over Milena's krantenartikelen als over iets wat wonderschoon was en sprak met geen woord over zijn eigen teksten.

In stilte verweet Max hem, dat hij, verblind door zijn verliefdheid op een handige journaliste, van zijn eigen scheppingswerk had afgezien.

50

Na lauwe seks draaide zijn vrouw zich van hem af en viel in slaap.

Dit herhaalde zich als een vertrouwd refrein een of twee keer peer maand.

Hij nam het haar niet kwalijk. Elsa vervulde netjes haar echtelijke plicht jegens hem als hij aanhield.

Helaas kon zij noch hem noch zichzelf werkelijk lichamelijk genot schenken.

Max was daardoor niet al te zeer teleurgesteld.

Nadat hij zijn hartstochtelijke relatie met Julie had beëindigd, had hij nooit meer een vrouw ontmoet die hem oprecht en sterk opwond.

Hij dacht dat het zo hoorde in een huwelijk: zonder grote passie, maar ook zonder grote teleurstellingen. Het leven van alledag knaagt onvermijdelijk aan elke hartstocht.

Zijn herinneringen voerden hem terug naar de studententijd. Naar zijn laatste jaar als student, om precies te zijn. Op een uitstapje georganiseerd door de Kafka's waren er behalve hijzelf nog zo'n tiental vrienden.

Julie vroeg hem om haar te helpen een geïmproviseerde tafel neer te zetten onder een boom.

Dat was een excuus om zich af te zonderen van de anderen.

'Ik weet dat je met je laatste tentamen bezig bent en dat je daar druk mee bent, maar... ik kom aanstaande woensdag bij je langs. Dat wordt onze laatste liefdesontmoeting,' sprak zij met een zachte stem, bang om gehoord te worden door de mannen die op het nabijgelegen weiland achter een bal aanrennen.

'Maar waarom noemt u het de laatste ontmoeting?' vroeg Max verrast.

'Ik wil dat je me als een vrouw onthoudt, niet als een oude dame,' antwoordde Julie.

'U bent wonderschoon,' zei Max.

'Je moet een meisje van jouw leeftijd vinden en een gezin stichten. Je moet geen tijd meer met mij verliezen. Dit duurt al te lang.'

'U bent de enige in mijn hart.'

'Genoeg hierover. Wij doen het zoals ik zei.'

Aan de klank van haar stem, aan de beslistheid waarmee zij geen ruimte overliet voor twijfel voelde Max dat Julie had besloten om hun verhouding te beëindigen. Hij wist dat hij niets meer van haar zou krijgen dan de afscheidsontmoeting.

Die avond had zij het moeilijker dan hij.

Zij nam afscheid niet alleen van Max, maar ook van de wereld van vleselijk genot, die haar beviel.

Hij at van haar hartstocht, pronkte met zijn jongenskracht. Zij wilden elkaar alles geven in deze nacht van het afscheid.

Max lag uitgeput op zijn rug, op adem komend van de inspanning van het liefdesspel. Julie liet hem slechts een paar tellen met rust, om hem dan te overladen met liefkozingen op zijn borst en zijn buik.

Hij vond het fijn hoe zij steeds dichter bij de bron van zijn hartstocht kwam. Zoals altijd zou ze stoppen op het moment dat ze zijn mannelijkheid was genaderd, wist hij.

Hij vergiste zich. Deze keer stopte zij niet.

De liefkozingen gingen van zijn buik verder naar zijn lid. Het volgende moment nam zij zijn geslacht in haar mond en begon er langzaam aan te zuigen. Zijn zinderend genot liet hem ademloos achter.

Zij wilde dat de dag van hun vaarwel voor altijd in zijn herinnering zou blijven. Daarin was ze geslaagd.

51

Begin 1921 kreeg Max een brief uit het sanatorium in de Tatra. Zijn vriend was daar al in zijn tweede behandelingsmaand.

De brief was zodanig kort en inhoudsloos, dat hij gekwetst was. Alleen het verblijfsadres stond erin en iets over Milena's vertalingen en hij eindigde met de gebruikelijke groet.

Van zijn oudste zus moest hij horen dat Franz voor behandeling naar het Tatragebergte was vertrokken, maar iedereen in het cafélokaal Arco wist dat hij dagelijks aan Milena schreef. Het nieuws verspreidde zich snel van Wenen naar Praag.

Aan een schrijver vertelde Milena's man in vertrouwen dat zijn vrouw in een briefwisseling met 'die duistere Kafka' was verwikkeld. En dat zijn geduld ten einde liep.

De brief was het bewijs dat Franz geen behoefte meer had om zijn zielenroerselen te delen met diegene die tot voor kort zijn beste vriend was.

52

Onverwachts verscheen Milena in Praag.

Max kwam haar voor het Volkstheater tegen. Zij was in gezelschap van haar vriendin Jana Kučerová, een bekende journaliste.

Hun gesprek begon op straat en zij gingen er mee door in het café. De aanwezigheid van Jana zat Max in de weg. Hij wilde met de vrouw die Franz aanbad over Franz praten, maar dan zonder getuigen.

Hij had niets te kiezen.

De spanning zweefde in de lucht.

Milena was de eerste die Franz noemde: 'Ik geniet van het vertalen van zijn teksten naar het Tsjechisch. De zinnen die op het eerste gezicht moeilijk lijken, zijn eigenlijk eenvoudig en logisch. Het is een genot om een schrijver te mogen vertalen die zulke heldere gedachten als Kafka heeft', zei Milena.

'Het is alleen te betreuren dat een dergelijk talent de laatste tijd zijn schrijven heeft verwaarloosd. Het viel mij altijd al op dat zijn schrijven sneuvelt zodra hij, jongensachtig naïef, aan een emotioneel avontuur begint. Emotionele relaties zijn heel gevaarlijk voor zijn gezondheid en voor zijn literaire inspiratie. Zo was het ook met zijn verloofdes Felice en Julie. Hij is niet opgewassen tegen vrouwen en hun listen. In de regel zuigen ze alle kracht uit hem, zodat hij niet genoeg over houdt voor het schrijven.' zei Max.

Zij antwoordde niet meteen.

De provocatieve zinnen, waaruit Milena en Jana moeiteloos zijn veroordeling van Franz' nieuwste emotionele verhouding konden opmaken, hingen loodzwaar in de lucht.

Nog vóór zij haar antwoord, dat hij niet wilde horen, uitsprak, zag Max de superieure glimlach van een vrouw die de situatie meester was.

'Ik ben het niet met u eens. Een verliefde man is dubbel geïnspireerd. Franz schrijft mij bijna dagelijks over zijn nieuwe roman waaraan hij al wekenlang met grote bezieling werkt,' zei Milena.

'Een nieuwe roman?! Schrijft hij echt een nieuwe roman?' Max was oprecht verrast.

'Heeft hij daarover niets tegen u gezegd... of geschreven? De titel van de roman wordt *Het slot*. Het wordt een briljant werk.'

Max voelde zich beschaamd en afgewezen. Na een lange tijd gebeurde er iets uitzonderlijk belangrijks in het leven van zijn beste vriend en hij werd buitengesloten.

Het was nog erger dat zijn nederlaag zichtbaar was voor de twee jonge vrouwen, voor wie hij een even grote afkeer voelde als zij hunnerzijds aan hem lieten blijken.

53

Een kwart eeuw was voorbij gegaan sinds de dag dat Theodor Herzl in Basel het eerste zionistische congres had belegd waar het programma van de beweging werd aangenomen.

Datgene wat in beginsel slechts een romantisch visioen was geweest over de terugkeer van de joden naar hun voorvaderlijk land en over de opbouw van de staat Israël, was jaar op jaar uitgegroeid tot een tastbaar werk.

De bouw van Tel Aviv was in 1909 begonnen en had vele problemen gekend. Onheilsprofeten voorspelden talloze keren de ondergang van de jonge stad en van de dappere plannen om een joodse staat te stichten.

Max had de leeftijd waarop het geloof in idealen nog krachtig is, maar waarop de levenservaring aanspoort tot gegronde twijfel.

Naast zijn dagelijks werk en naast de literatuur en muziek waaraan hij veel tijd wijdde, stak hij veel energie in het verwezenlijken van het idee dat na de grote wereld-oorlog aan belang had gewonnen.

Hij hield vurige toespraken voor zijn medeburgers over het vertrek naar Palestina en verborg daarbij zelfs voor zijn naasten dat hij in het geheel niet overwoog om met zijn gezin naar de andere kant van de wereld te verhuizen.

Praag stroomde door zijn aderen. Het was de stad waarin hij zovele van zijn talenten en interesses had verwezenlijkt.

Hoewel hij verschillende talen beheerste, kregen zijn gedachten pas vleugels in het Duits, waar hij ze met gemak kon uitdrukken.

Goethe was het fundament waarop zijn literaire gebouw was opgetrokken.

54

Franz was in een scheppingskoorts.

De hoofdpersoon van zijn roman *Het slot*, de verwarde landmeter 'K', leek ontegenzeggelijk op zijn maker. Franz stuurde hem naar een achterlijk dorp nabij het slot.

Omringd door argwanende boeren zou de ongelukkige landmeter tevergeefs proberen door te dringen tot het fort, dat voortaan voor sommigen het symbool van de macht zou worden en voor anderen van het ondoorgrondelijke mysterie van het leven.

Reizend van hoofdstuk tot hoofdstuk voelde Kafka dezelfde verrukking die hij tien jaar daarvoor tegenkwam, toen hij *Het proces* schreef.

*

In de pauzes tussen de episodes ging hij door met zijn briefwisseling met Milena. Zij was een briljante partner in gesprekken over de literatuur, maar ook over zijn angsten en verborgen gevoelens.

Als hij meende te merken dat zij opnieuw aanstuurde op een fysieke ontmoeting, verzon hij tientallen uitvluchten om deze maar te ontlopen.

Hij vreesde dat het verwezenlijken van hun verhouding de schoonheid van de geestelijke, platonische band zou aantasten en hun door de verfijnde brieven tot stand gebrachte verbintenis zou besmeuren.

Diep ongelukkig in haar huwelijk, zette de jonge vrouw hem steeds meer onder druk met haar onverbloemde, concrete eisen, waaruit men het verlangen van een oververhitte zinnelijkheid naar de bevrediging van een sterke begeerte kon lezen.

Franz antwoordde haar met allengs opzichtiger wordende ontwijkingen, die culmineerden in een brief met het verzoek hem zo min mogelijk te schrijven.

Dit raakte haar diep, maar het hielp haar ook om te

beseffen dat ze zich moest voorbereiden op een breuk die
onafwendbaar naderde.

55

Alweer schoot de ziekte hem te hulp.

Zijn gezondheid verslechterde en dat gaf hem het best
denkbare excuus om te breken met Milena.

Ongeveer twintig dagen daarna, in juni 1922, ging hij
op zijn negenendertigste met pensioen.

Kort voor de breuk met Milena voelde Franz aan dat hij
niets meer te zeggen had met zijn roman *Het slot*. Hij
wist niet hoe hij het boek kon afsluiten. Met de wens om
Milena's mening te horen, stuurde hij haar het manuscript ter lezing.

Max maakte zich grote zorgen over zijn onlangs gepen-
sioneerde vriend en vreesde dat het verlies van inspiratie
en van de vrouw die hij adoreerde hem voor de zoveelste
keer in een depressie zou doen belanden.

Ter afleiding nodigde hij hem uit, in de veronderstelling
dat hij een gebroken, verslagen man voor zich zou zien.

Op Kafka's gezicht was louter rust en tevredenheid te
lezen.

'Hoe is het met je?' vroeg Max meteen na de begroeting.

'Uitstekend! Ik voel mij zo bevrijd en zorgeloos als een

kind,' antwoordde Franz.

Max twijfelde niet aan zijn antwoord.

Het was zijn vriend voor de zoveelste keer in het leven gelukt om hem te verrassen.

56

De regen had de straten schoongespoeld terwijl zij binnen naar het concert luisterden. Bij de uitgang van het gebouw stelde Franz voor om een stadswandeling te maken.

Max stemde toe.

Nadat zij de uitvoerende musici van die avond hadden besproken, begon Franz te vertellen over de slothoofdstukken van zijn roman *Het slot*.

'Ik zou die roman graag willen lezen,' zei Max.

'Maar... hij is nog niet af.'

'Maakt niets uit.'

'Het is onmogelijk,' zei Franz.

'Waarom?'

'Omdat ik het manuscript niet heb.'

'Wie dan wel?'

'Milena.'

Dit was voor het eerst sinds lange tijd dat hij haar naam liet vallen.

'Kun je haar niet vragen...' begon Max, maar nog voordat hij zijn vraag kon afmaken, kreeg hij een fel antwoord: 'Neen! Ik wil niet aan haar schrijven en ik wil haar niets vragen! Alles wat mooi was heeft zij bedorven met haar streven om het nog mooier te maken.'

57

In mei 1923 verbleef Franz met zijn jongste zus Ottilie en haar kinderen in de badplaats Müritz aan de Baltische zee. Hij had tijd te over.

De verveling begon hun verblijf op het platteland binnen te sluipen. De met luieren gevulde dagen werden steeds langer.

Doelloos wandelend door Müritz, kwam Franz terecht bij het vakantiekamp van het Joods nationaal tehuis uit Berlijn.

De speelse kinderwereld leek hem onvergelijkbaar meer boeiend dan de saaie gesprekken met de volwassen toeristen.

Hij nam de gewoonte aan om dagelijks te komen spelen met de kinderen en in de avonden bezocht hij de voorstellingen die de leidsters met hen hadden voorbereid.

Hij maakte kennis met de directeur van het Joods nationaal tehuis, maar ook met de begeleiding. Hij sympathiseerde met dit grote ongewone 'gezin', en zij met hem.

Toen hij gedreven door zijn nieuwsgierigheid een blik in de keuken wierp, merkte hij een jonge vrouw op die bezig was om vis schoon te maken. Al op het eerste gezicht kon men zien dat zij keukenarbeid gewend was. Met bewonderenswaardige snelheid scheurde ze de vissenbuiken open en trok de ingewanden er uit.

Ze voelde dat iemand naar haar keek, stopte midden in haar werk en keek op.

Franz' ogen ontmoetten de hare.

Grappend zei hij: 'Zulke prachtige handen aan zulk bloederig werk!'

Beschaamd liet het meisje de vissen achter en liep naar de andere kant van de keuken om de aardappelen te schillen.

Franz was geraakt door haar verlegenheid.

Dezelfde middag liep hij weer langs het vakantieverblijf in de hoop haar opnieuw te ontmoeten.

Op het strand zag hij haar spelen met de kinderen uit het vakantiekamp. Hij liep naar haar toe en stelde zich voor.

Zij was verward. Bijna geschrokken.

Met haar nauwelijks negentien jaar leek ze ongemakkelijk bij het besef dat ze de aandacht van een man van middelbare leeftijd had getrokken; iemand die de leiding

van het vakantiekamp als 'de heer dokter uit Praag' aan-
duidde.

Haar voelbare vrees voor hem had tot gevolg dat Franz
zich voor het eerst in zijn leven oppermachtig voelde
tegenover een vrouw.

Hij kwam te weten dat ze Dora Diamant heette,
afkomstig was uit een gerespecteerd Oost-Europees
Joods chassidisch gezin en goed Hebreeuws sprak.

Om onder het juk van haar vader vandaan te komen,
was zij uit het kleine Poolse stadje naar Wroclaw gevlucht en daarna naar Berlijn en naar Müritz.

Daar werkte ze voor het Joods nationaal tehuis. Alles
wat haar meerderen haar opdroegen, voerde ze uit, maar
de meeste tijd bracht ze door in de keuken.

De dag na hun kennismaking las Dora hem in het
Hebreeuws een stukje van de profeet Jesaja voor. Franz
nam het besluit om de taal van zijn voorouders te leren.

's Avonds, toen iedereen in het vakantiehuis al naar bed
was, wandelden zij langs het strand.

Opeens stond hij stil en trok haar naar zich toe. Het
snelle kloppen van haar geschrokken hart was duidelijk
te voelen.

Haar onervarenheid en haar angst gaven hem een
gevoel van kracht en zelfvertrouwen.

58

Eind juli verliet Franz Praag en vertrok naar Berlijn. Hij ging samenwonen met Dora.

Op zijn veertigste maakte hij zich eindelijk los van zijn ouders. Hij was in vervoering, dronken van zijn late vrijheid.

Max ontving een brief die hem verontrustte. Franz schreef dat hij gelukkig was als nooit tevoren. Dat hij bevrijd was van de demonen die hem hadden gedwongen te schrijven en daarbij zijn levenskracht uit hem hadden gezogen.

Kafka besefte dat de rust van het gezinsleven meer waard was dan wat dan ook in de wereld. 'Kunst is een spook, literatuur is vaak inhoudsloze misleiding voor de naïevelingen,' schreef zijn vriend met overtuiging. 'Eén moment van levensvreugde doorgebracht met een dierbaar persoon is meer waard dan alle bibliotheken van deze wereld,' beweerde hij.

Hij prees Dora voor haar kookkunst en liet niet na om zijn vriend te berichten dat zij droomden van een eigen restaurant waarin zij de keuken zou beheren en hij als ober zou werken.

Max vreesde dat zijn vriend zijn verstand had verloren. Hij wist dat liefde iemand kon veranderen en hem voor even van de werkelijkheid kon vervreemden, maar dit oversteeg een normale verandering en een ontluikende vervoering. Dit leek meer op een fatale persoonlijkheids-afbraak.

Hij zuchtte diep, niet wetende wat hij moest doen om zijn beste vriend te redden.

59

In de pauze tijdens de opera-uitvoering kwam Milena naar hem toe.

'Ik wist niet dat u in Praag was,' zei Max.

'Voor een paar dagen maar.'

'Hoe kan ik u van dienst zijn?' vroeg Max beleefd.

'Ik vrees dat niemand mij kan helpen met wat dan ook... Ik kwam het te weten over Franz... Wij schrijven elkaar al een tijd niet meer. Hij is niet meer van mij... alhoewel... ik betwijfel of hij dat ooit was. U bent zeker tevreden?'

'Hoezo?'

'Ik weet dat u onze verhouding afkeurde. Nu woont hij in Berlijn met een meisje van negentien. Ik neem aan dat u die verhouding goedkeurt?'

'Ik vind het oprecht spijtig voor haar,' antwoordde Max gemeend.

Milena wachtte zijn toelichting niet af en liep weg zonder afscheid te nemen.

Hij voelde zich ongemakkelijk. Nu pas overzag hij de omvang van zijn fout.

Ooit had hij zich uitgesproken tegen de relatie van Franz met de enige vrouw die hem waard was.

60

Toen hij van zijn meerderen te horen kreeg dat hij een driedaagse reis naar Berlijn moest maken, was Max opgetogen. Hij wist dat zich een kans zou voordoen om Franz te bezoeken.

In die februari van 1924 liet de winter haar wispelturige aard zien. Zijn trein had vier uur vertraging vanwege hoge sneeuwafzettingen.

Hij had twee vergaderingen in de avonduren. De eerste haalde hij net. Hij was moe en kortaf.

Pas na de tweede vergadering kon hij naar zijn hotel gaan.

Terwijl hij zich klaarmaakte om naar bed te gaan, verheugde hij zich erop Franz de volgende dag te zien.

De optimistische brieven die hij had geschreven getuigden van zijn geluk en verliefdheid.

Toen hij de taxichauffeur het adres van Franz gaf, bekeek deze hem argwanend en vroeg: 'Weet u zeker dat u daarheen wilt gaan?'

'Hoezo?'

'Dat is een straat in de buitenwijk. Het gebeurt niet vaak dat iemand daarheen wil met een taxi.'

Dat was het eerste slechte teken.

Het tweede las hij af van de bouwvallige gevel van het onooglijke gebouw waarvoor de auto stopte.

Dora deed de deur voor hem open.

Ze leek op een schichtige ree.

Franz lag op bed.

Al dagenlang gaf hij bloed op. Hij rilde van koorts. Gewikkeld in rafelige dekens probeerde hij zich warm te houden in de koude armoedige flat.

In één ogenblik begreep Max het allemaal: de halflege kolenkit, de ramen zonder gordijnen, de vloeren zonder tapijten.

Zijn vriend kon zich niet permitteren om in het dure Berlijn te wonen, dat getroffen was door de economische crisis. Hij had slechts geld voor een ellendig bestaan in een kale huurkamer ver weg in de buitenwijken.

Het leek alsof noch Dora noch Franz zich echt bewust waren van hun toestand. Franz vertelde hoe hij, zodra hij een beetje was opgeknapt, zou doorgaan met het volgen van lessen aan de hogeschool voor Hebreeuwse wetenschap. Hij sprak over de Talmoedcolleges van professor Torezyner en professor Guttman. Trots vertelde hij dat hij zonder woordenboek eenvoudige teksten in het Hebreeuws kon lezen.

Max zag dat Franz er alles aan deed om Dora te plezieren en dichter bij haar wereld te komen. Hij gedroeg zich alsof hij al haar levensnormen had overgenomen.

Het enige wat telde waren haar geluk en haar levensvervulling. Zijn recente geloofsvervoering stond onder haar rechtstreekse invloed.

Dora vertelde gloedvol over goedkope gerechten die men zelfs kon maken uit karige ingrediënten. Zij sprak over de arts die daags ervoor Franz had onderzocht en slechts twintig marken voor de visite had gevraagd, hoewel het gewone tarief dertig bedroeg.

De twee spraken opgewonden over hun leven samen, over de kinderen die zij hoopten te krijgen, over de bruiloft die plaats zou vinden nadat Franz met een vaardig geschreven brief om de zegen van haar vader zou hebben gesmeekt.

Hij zag twee kinderen voor zich, die het leven niet aanschouwden zoals het was, maar aan hun dromen hingen zonder een houvast in de wrede werkelijkheid.

Max wist dat hij hun spel moest aanvaarden en hun wereld zoals die was.

Hij vroeg: 'Hebben jullie nog plannen om het restaurant te openen?'

Dora antwoordde glimlachend, alsof het al morgen ging

gebeuren: 'Uiteraard. Misschien dat wij al van de zomer naar Palestina verhuizen en een restaurant beginnen. Ik kan echt goed koken.'

'Wie zou er als ober werken?' vroeg Max.

'Dat zou Franz doen,' antwoordde Dora, alsof het vanzelf sprak.

Franz kuchte en zei daarna bevestigend: 'Ik denk dat ik er goed in zou zijn.'

Max voelde de neiging om toe te voegen: 'Waarschijnlijk word je de eerste doctor in de rechten die in de bediening werkt,' maar hij hield zich in. Hij wist dat hij onrealistische wezens voor zich had, die elkaar aanmoedigden in hun zieke fantasieën.

Hij keek op van de vloer en zei: 'Ik hoop dat ik op een dag de eer zal hebben om te gast te zijn in jullie restaurant in Palestina.'

61

Zij troffen elkaar in hetzelfde kantoor waar zij elkaar ooit eerder ontmoetten. Deze keer zag hij niet een begerenswaardige vrouw voor zich, maar een oudere dame die haar krachten had verbruikt. In stormachtige tijden had zij haar man bijgestaan om zijn handelsbedrijf overeind te houden en haar uiterlijk had onder dit alles geleden.

'Ik was in Berlijn en onder andere op bezoek bij Franz en zijn Dora,' verklaarde Max onomwonden de reden van zijn bezoek.

'Jullie hebben ongetwijfeld gezellig bijgepraat, zoals vroeger. Vorige week kreeg ik een brief van hem. Elke zin vertelde over een nieuw begin en over een leven dat hij altijd had gemist en nu eindelijk leeft.'

'Het spijt me, Julie, om u te moeten vertellen... dat hij u en zichzelf voor de gek houdt. Zij leven in armoede, Franz is erg ziek. Dit is een barre winter en hun flat... Ik vrees dat, als men niet snel iets onderneemt... ik vrees dat het allemaal heel slecht zou kunnen aflopen.'

De vrouw werd bleek.

Niet één van haar drie dochters had haar zoveel hoofdpijn bezorgd als haar enige zoon. Zelfs nu, in zijn rijpe jaren, was het niet over.

Zij nam Max in vertrouwen en vertelde over haar voortdurende onrust en zorg om haar zoon die eerst jarenlang het opgroeien had uitgesteld. En nu zij meende dat hij eindelijk zijn leven ter hand had genomen, bleek hij in levensgevaar te verkeren.

Max luisterde aandachtig naar haar.

Wederom waren zij bondgenoten.

Bondgenoten die de blik van de ander vermeden.

In het leven van deze sterke vrouw was weinig veranderd. Haar man en haar zoon waren nog steeds onderling onverdraagzaam en gaven elk de ander de schuld daarvan.

Julie probeerde te bedenken hoe zij Franz kon helpen en hem redden van de ondergang die hij tegemoet ging.

Zij verwierp al haar bezwaren en zei kordaat: 'Franz moet hier komen, naar Praag. Hier in dit huis kan hij alles krijgen wat hij nodig heeft: voedsel, warmte, zorg. Hermann zal zich verzetten tegen de komst van dat onvolwassen meisje met hem. Franz ziet haar als zijn vrouw en zal haar ongetwijfeld mee willen nemen. Ik weet ook dat Franz niet weer onder één dak met zijn vader wil wonen, maar... ik zie geen andere oplossing voor zijn toestand.'

Zij viel even stil voordat zij concluderend sprak: 'Max, het wordt mijn taak om Hermann zover te krijgen dat hij Franz samen met het meisje waarvoor hij heeft gekozen in huis neemt. Jouw taak wordt het om Franz over te halen naar het ouderlijk huis terug te keren. Alsjeblieft, Max, doe het voor Franz.'

Julie legde hun beiden een zware taak op. Even dacht hij na, maar hij kon niets beters verzinnen.

'Ik zal proberen zo snel mogelijk naar Berlijn te vertrekken,' zei hij kort.

Pas na deze toezegging keek Julie hem recht in de ogen en toonde hem haar dankbaarheid met een nauwelijks zichtbare glimlach.

62

Op 14 maart reisde Max af naar Berlijn voor de première van Janaceks *Jenufe* in De Stadsopera. Hij moest hierover een recensie schrijven en deed zijn best om de veeleisende uitvoering met aandacht te volgen.

De dag daarop ging hij naar Franz.

Deze lag op bed onder enkele slordig over elkaar gestapelde dekens. Er was geen glimlach te bekennen op het doodserieuze gezicht. De langdurige ziekte had zijn krachten uitgeput.

In de flat trof Max ook de jonge student geneeskunde Robert Klopstock aan, met wie Kafka vier jaar daarvoor in het sanatorium in Matliarym in het Tatragebergte kennis had gemaakt. Een identieke ziekte bracht hen toen bij elkaar.

Franz had zijn naam vaker laten vallen in het bijzijn van Max. Robert was een stille, teruggetrokken man die op het eerste gezicht vertrouwen wekte.

Dora en Robert waakten over Franz' zwakke gezondheid als twee bevreesde engelbewaarders.

Max betrad dit kleine gezelschap als een wezen van een andere planeet.

Niet voordat zij de blik in zijn ogen lazen, begrepen zij de ernst van de toestand waarin de zieke zich bevond en de omvang van hun eigen onmacht.

Max stond er op dat Franz met hem naar Praag zou komen om in de bescherming van het ouderlijk huis weer aan te sterken en te genezen.

'Je moeder en je vader zijn bezorgd om je gezondheid. Met open hart nodigen ze jou en Dora uit. Zij willen jullie helpen. Ze willen dat je beter wordt, dat je zo snel mogelijk deze koude flat verlaat.'

Pas nadat hij voor de tweede keer had gehoest en bloed in de spuwbak had opgegeven, kon Kafka met een schorre stem zeggen: 'Als ik dat doe, dan heb ik in de ogen van mijn vader een nederlaag geleden. Het bewijs dat ik zelf niet kon... hij zei altijd al dat ik niet volwassen genoeg was om een eigen gezin te hebben, terwijl Dora en ik...'

Hij kon zijn gedachte niet verder afmaken, omdat hij werd overvallen door de volgende hoestaanval.

'Er is geen triomf of nederlaag hier. Vandaag de dag is Berlijn voor een gewoon leven de meest onaangename stad in Europa. De crisis, de tekorten... Wat nu belangrijk is, is dat je beter wordt. Daarna gaan Dora en jij jullie eigen weg. Er is niemand die jullie daarin wil of kan tegenhouden,' zei Max met overtuiging in zijn stem.

Wat volgde was een beladen stilte.

'Ik denk dat mijnheer Brod gelijk heeft,' zei Robert Klopstock zacht.

Het gepiep van de deuren vanuit de naburige flat leek zijn woorden te bevestigen.

63

Twee dagen later stapte Kafka met Max op de trein naar Praag.

Dora en Robert bleven op het station achter en zwaaiden hen uit zoals kinderen dat doen bij het afscheid nemen van hun dierbaren.

Zij zeiden niet veel.

De rit van zes uur was voor Kafka een bovenmenselijke inspanning.

'Het spijt me dat wij in de afgelopen jaren... niet zoveel met elkaar omgingen als daarvoor,' zei Max verontschuldigend.

'Je hebt een gezin en een baan met vele verantwoordelijkheden,' antwoordde Franz kort en begripvol. Daarna voegde hij eraan toe: 'Straks als ik weer thuis ben, zullen wij het allemaal inhalen.'

Een paar dagen later arriveerde ook Dora in Praag. Franz' ouders ontvingen haar zonder veel woorden.

Hij was omringd door de zorg en aandacht van zijn meest geliefden. Max bezocht hem bijna dagelijks.

Een kortstondige verbetering van Franz' gezondheid gaf hun hoop en misleidde hen. De ziekte kwam snel weer opzetten met hernieuwde kracht.

Het uitspreken van zelfs de kortste zinnen deed hem grote pijn.

Hij werd overgeplaatst naar het sanatorium Wiener Wald en daarvandaan naar de Weense kliniek. Begin april werd bij hem tuberculose in de keel vastgesteld.

Volledig in tranen, belde Dora Max om hem het vreselijke nieuws te vertellen. Beiden wisten dat dit het begin van het einde was.

Max deed zijn best om woorden van troost en opbeuring te vinden. Hij moet ongeloofwaardig hebben geklonken, want Dora's huilen werd steeds radelozer.

Door haar snikken heen kon hij alleen opmaken dat zij eerder ook Robert Klopstock had gebeld en dat Klopstock over een dag of twee af zou reizen om in de moeilijkste momenten bij zijn vriend te zijn.

Max betreurde dat híj zijn werk niet ook kon staken en niet even onbaatzuchtig kon handelen als Robert.

64

De pijn in de luchtpijp werd steeds heviger.

Eten kon hij niet meer en slikken was een foltering. Het was te laat voor welke operatie dan ook. De artsen geloofden niet meer in een genezing. Zij probeerden slechts zijn lijden iets te verlichten met alcoholinjecties.

Overdag en 's nachts zaten Dora en Robert om beurten aan zijn bed. In de ogen van de artsen waren zij niet voor rede vatbare mensen die hun tijd verdeden met een project dat gedoemd was te mislukken.

Begin mei kwam Max op ziekenbezoek. Hij zag in het bed een lijdende man die in geen enkel opzicht meer leek op zijn jeugdvriend.

Op de vloer rondom hem lagen papiertjes met zijn krabbels. Het was de meest geschikte manier van communiceren met zijn omgeving, want spreken sneed als scheermesjes in zijn keel.

Op een zo'n papiertje had hij met veel moeite in een bibberend handschrift geschreven: 'Ik zou zo graag Praag nog eens willen zien. 's Nachts droom ik van de straten waar wij vroeger wandelden.' Hij gaf het aan Max.

Toen Max het las, voelde hij een spanning in zijn borst. Met moeite kon hij uitbrengen: 'Wij zullen weer...'

Franz maakte een ontkennend gebaar met zijn hoofd.

Daarna gebaarde hij Dora en Robert om de kamer te verlaten. Zij gehoorzaamden zonder een woord. De twee mannen bleven alleen in de kamer achter.

Met een plotselinge beweging ontdeed hij zich van het ijs op zijn keel, dat bedoeld was om de pijn te verzachten. Hij gaf zijn vriend een teken om dichterbij te komen.

Een pijnlijke grimas sidderde over zijn gezicht terwijl

de lippen die zoveel leed hadden te verdragen, fluister-
den: 'Verbrand het, verbrand het allemaal!'

'Wat moet ik verbranden?' vroeg Max in verwarring.

'Alles wat ik heb geschreven... verbrand het... mijn teksten, die duisternis... vernietig alles. Als ik opnieuw
geboren zou worden... dan zou ik het leven eren, niet de
dood.'

Max verstijfde bij het horen van die vervormde stem.
Het scheen hem toe alsof die vanaf gene zijde van de rede
kwam.

65

Max werd prikkelbaar.

In Praag voelde hij zich meer ingeperkt dan ooit tevoren. Hij was boos omdat hij zoveel verplichtingen op
zich had genomen en daardoor al sinds lang geen baas
meer was over zijn tijd.

Hij wilde ergens anders zijn, niet in die stad. Zijn
vriend was stervende en hij was ver van hem vandaan.

Franz viel rond middernacht in slaap.

Dora was bij hem gebleven en waakte over zijn breekbare rust. Tegen vier uur 's ochtends doezelde zij weg.

Een ongewoon geluid wekte haar. In het donker dacht zij dat het van buiten kwam. Het deed haar denken aan het gepiep van een rammelende ossenkar.

Pas toen zij een beetje bij kwam, besefte zij dat het geluid uit Franz' bed kwam. Hij ademde zwaar, alsof een onzichtbare kracht hem neerdrukte en zijn keel dichtkneep.

Zij rende weg om Robert te halen.

Hij maakte de dienstdoende arts wakker, die Franz een injectie met kamfer toediende.

Kafka's lijden nam niet af. De pijn werd steeds erger. Met verzwakte hand pakte hij Robert bij de arm en zei: 'Morfine... je hebt het beloofd... Dood mij, anders word je een moordenaar... ik kan het niet langer...'

Ze gaven hem Pantopon.

Hij werd rustiger en viel in een korte slaap.

In de verte hoorden zij hondengeblaf.

Robert Klopstock stond op van het bed en liep naar de andere kant van de kamer. Een vloerplank piepte.

Franz' ogen gingen open en hij zei, amper hoorbaar: 'Loop niet weg!'

'Ik ga nergens heen, ik ben hier, bij je,' zei Robert.

'Maar ik ga weg.' antwoordde Kafka.

Het volgende moment blies hij zijn laatste adem uit.
Het was 3 juni 1924.

67

Schuldgevoel verteerde Max.

Hij verweet zichzelf dat hij Kafka in zijn laatste dagen
niet had bijgestaan.

Nachten achtereen droomde hij van het joodse kerkhof
in Strašnice en Franz' droevige begrafenis. Zijn voorovergebogen, ontroostbare ouders, door verdriet overmande
zusters, zwijgzame vrienden, met modder besmeurde doodgravers, alles en iedereen in die droom was vervormd en
angstaanjagend.

Iedereen huilde, behalve hij.

Toen de stem van de rabbi stilviel, staarde de wenende
menigte naar Max, wiens gezicht niet betraand was. Hij
voelde zich ongemakkelijk, wenste dat hij kon verdwijnen,
uit zijn huid kon ontsnappen.

Met die kwelling werd hij steeds wakker.

De werkelijkheid bood geen troost, omdat deze even
naargeestig was als de nachtmerrie.

De tijd was voor hem in tweeën gebroken, met de breuk
op de dag van Franz' dood.

Max daarvoor en Max daarna leken twee verschillende mannen. Hij gedroeg zich alsof hij niet alleen zijn vriend had begraven, maar ook zichzelf zoals hij was.

Met het heengaan van Kafka begon voor Max de onomkeerbare verwijdering van zijn eigen jeugd.

68

Hij wist dat men de laatste wens moest respecteren. Desondanks vroeg hij zich ontelbare malen af: 'Hoe kan ik de teksten verbranden waarvan ik geloof dat zij behoren tot de meest waardevolle in de hedendaagse Europese literatuur? Wie is belangrijker: Kafka de schrijver of Kafka de man?'

Gedurende zijn leven, totdat het einde naderde, was de literatuur Kafka dierbaarder geweest dan wat dan ook. De oude Kafka zou nooit hebben toegelaten dat zijn teksten werden verbrand.

Max was er van overtuigd dat de vreselijke pijnen in de laatste maanden van zijn leven het verstand van zijn vriend hadden verduisterd.

Hij kon rechtvaardiging vinden voor zowel het respecteren van Franz' laatste wens als voor het doof blijven ervoor.

Hij wist: wat hij ook zou beslissen, hij zou tot het einde van zijn leven genoeg reden hebben om het te berouwen.

69

Na een maand van geagiteerde tweegesprekken tussen de twee kanten van zijn hart nam hij een beslissing: hij zou Kafka's laatste wens niet uitvoeren! Sterker nog, hij zou bewerkstelligen dat de hele wereld kennis kreeg van zijn schepping!

Reeds de volgende dag wijdde hij zich aan het ordenen van de onbekende teksten van Franz. Hij begon te onderhandelen met de uitgevers en probeerde ze over te halen om Kafka's werken zo snel mogelijk te publiceren.

Tot zijn spijt moest hij vaststellen dat een belangrijk deel ontbrak: het manuscript *Het slot*, dat in handen was van Milena.

Al bij de gedachte om met haar te moeten praten, voelde hij zich ongemakkelijk.

Ooit had hij haar en haar relatie met Franz onrecht aangedaan. Nu voelde hij zich beschaamd bij de gedachte dat hij naar haar toe zou moeten gaan en haar om iets zou moeten vragen.

70

Max was maandenlang niet in staat om te schrijven of te componeren. Nog nooit eerder in zijn leven was hij zo overspoeld geweest door sterke emoties en tegelijkertijd had hij nog nooit zo weinig kracht gehad om zich te uiten.

Al werkend aan de uitgave van Franz' teksten dook hij zo diep in diens literaire werelden, dat hij zijn eigen scheppingsvermogen voor een langere tijd kwijtraakte.

71

Hij zuchtte diep en draaide haar nummer. Toen de telefoon over ging, hoopte hij dat zij niet thuis zou zijn, of dat ze tenminste die dag niet zou opnemen.

Iemand zei: 'Met Milena!'

Hij kon niet meer terug. 'Max hier... ik hoop dat ik niet stoor... Ik ben in Wenen tot het einde van de week. Ik zou u graag zien en spreken.'

Ondraaglijke stilte was enkele ogenblikken lang het enige antwoord.

Hij huiverde van schaamte.

Zonder hem te begroeten, antwoordde zij met een onverwachte vraag: 'In welk hotel bent u?'

Nadat hij de naam noemde, zei Milena: 'Met een uur ben ik bij u, als het schikt.'

'Uiteraard.' bevestigde hij.

Hij dacht dat zij hem van de receptie zou laten bellen en vragen om naar het hotelcafé te komen.

Toen zij aan zijn deur klopte, was hij oprecht verbaasd.

Hij deed open en liet haar binnen.

Zij had een ongewoon grote tas bij zich en kwam binnen zonder te groeten. De tas liet ze achter op een tafeltje bij de voordeur.

Hij bood haar een stoel aan.

Zij gaf hem haar jas en hoed, die hij aan de kapstok hing.

'Ik verwachtte uw telefoontje al.'

'Ik twijfelde of ik de benodigde moed kon verzamelen.'

'Hoezo?'

'Ik heb u onredelijk behandeld. Als u de ontmoeting had afgewezen, had ik het begrepen.'

'Ik weet dat u mijn verhouding met Franz afkeurde.'

'Toen kon ik niet... Vandaag weet ik dat u oprecht van hem hield en dat u hem begreep. Als het tussen u en hem had voortgeduurd, dan zou hij misschien vandaag nog steeds in leven zijn!'

'Ik durf niet meer te denken "hoe het zou zijn geweest als", daar zou ik gek van kunnen worden. Sinds hij is overleden, heb ik elke zin die hij mij schreef of voor me uitsprak, ontelbare keren opnieuw beleefd. Aan het einde, toen hij me... toen hij me wegdeed, heb ik dubbel geleden. Eigenlijk ben ik hem nooit kwijtgeraakt. Ik heb hem namelijk nooit gehad. Hij genoot er van om mij te verleiden en tegelijkertijd liet hij mij niets terugdoen. Alles tussen ons... Het was allemaal fout.'

'Ik denk dat hij van u hield,' zei Max.

'Toen hij me wegdeed, was ik kwaad om de vernedering. Pas later begreep ik dat hij al die tijd bang voor me was geweest. Hij is de enige man in mijn leven bij wie ik voelde dat hij bang was voor me. Daarom moest onze verhouding mislukken... Toen hij nog leefde, hield ik niet op met hopen op een brief van hem, of een uitnodiging... Ik verwachtte een verontschuldiging en een voorstel om onze ongewone liefde te doen herleven.'

'Waarom noemt u het een "ongewone liefde"?'

'Omdat ik betwijfel of hij ooit oprecht van mij heeft gehouden. Hij hield er van om verliefd te zijn. Zijn keuze voor mij was puur toeval.'

Zij werd stil.

'Wilt u iets drinken? Ik heb hier een zoete likeur,' bood Max aan.

'Nee, dank u.'

Max kuchte ongemakkelijk, niet wetend wat te zeggen. Hij wilde aardig tegen haar zijn, hij wilde praten over de roman die ontbrak, maar hij wist niet hoe hij de eerste zin moest beginnen.

Zij zag zijn beklemming, lachte en zei: 'Maak het uzelf niet zo moeilijk, ik weet waarom u mij heeft gebeld, ik weet waarom u dit gesprek wilde. Men praat in Wenen over uw pogingen om Kafka's manuscripten uit te geven.'

'Waar heeft u het over... ik... niets...' stotterde Max die zich betrapt voelde.

Milena stond op en pakte de tas van het tafeltje naast de deur, waar zij haar gelaten had.

'Hier is de roman die u mist. *Het slot* is nu van u. En hier heeft u zijn dagboeken die hij mij aan het begin van onze relatie gaf. Toen ik ze gelezen had, begreep ik hoe ongelukkig hij was. De naam die ik in de dagboeken het vaakst aantrof is die van u. U heeft als enige het recht om zich over deze teksten te bekommeren en te beslissen wat er mee gaat gebeuren. Ik neem aan dat u de roman zult uitgeven en de dagboeken bewaren voor een ander moment.'

Zij plaatste twee grote bundels beschreven papier voor Max.

'U heeft geen idee hoezeer u mij verblijd heeft,' zei Max.

'Dat heb ik wel,' antwoordde Milena beslist.

'Ik moet u iets bekennen. Toentertijd sprak ik tegen Franz laatdunkend over u en over de teksten die u publiceerde in Praagse kranten. En toch... in de afgelopen twee jaar heb ik niet één nummer van "De Tribune" met uw teksten overgeslagen. Ze weerspiegelen het huidig beeld van Wenen met een grote precisie. Als ik ze lees, voelt het alsof ik in uw nieuwe stad ben.'

'Soms denk ik dat ik ze alleen maar schrijf om op die wijze in Praag te zijn, dat ik zo mis. Ik ben blij tenminste één trouwe lezer te hebben.'

Er was een zeker verdriet in haar stem.

'Franz heeft ons ongewild voor altijd onderling verbonden,' zei Max.

'Dat heeft u goed gezegd, "ongewild". Men kan iemand ongewild kwetsen, zelfs ongewild doden. Het is troostend dat ook iets goeds ongewild kan gebeuren.'

'Bent u nog steeds boos op hem?'

'Het is geen boosheid meer... slechts een gegriefdheid. Een gevoel van zinloosheid. Begrijp me niet verkeerd om wat ik ga zeggen, maar ik zou gelukkiger zijn geweest als hij nooit in mijn leven was verschenen. Ik heb het niet over de schrijver Kafka, die ik oprecht waardeer. Ik heb het over de man die mij terloops pijnigde en wel zo dat ik me verplicht voelde om me te verontschuldigen dat ik zijn slagen niet met een glimlach kon ontvangen.'

'Als dit is wat u voelt, dan moet ook de gedachte aan mij u ongetwijfeld van streek maken?'

'Ik geef toe dat het zo was vanaf Franz' eerste brief. In zijn gedachtenwereld was u zoiets als de maat der dingen. De ideale toeschouwer van zijn veranderingen. Hij keek graag naar zichzelf door uw ogen, omdat u hem van begin af aan kritiekloos verafgoodde... Ik moet u bekennen: de gedachte aan u... vind ik ook nu nog onge-

107

makkelijk. U was getuige van mijn nederlaag als vrouw en dat bent u nog steeds. Neemt u mij niet kwalijk als ik u ook in de toekomst een beetje blijf haten.'

Ze keek hem in de ogen terwijl ze sprak.

Max sloeg zijn ogen niet neer. Hij wist dat voor hem een beeldschone gekwetste vrouw stond. Hij voelde oprechte spijt om haar pijn en verdriet.

Zij stak haar hand naar hem uit, met de bedoeling om weg te gaan.

Hij boog naar haar toe en raakte teder haar verzorgde vingers met zijn lippen. De geurende hand liet hij niet los. Hij herhaalde de kus en daarna nogmaals.

Zij was verrast, maar verzette zich niet. Hij zag het als stilzwijgende instemming en streelde haar haren en gezicht.

Pas toen zij haar ogen sloot, kuste hij haar op de mond.

Zij rook naar bosaardbeien, haar warmte was prettig.

Een siddering ging door haar lichaam toen hij haar hals zoende.

Zonder een woord te spreken gaven zij zich aan elkaar over. Alsof zij vreesden iets verkeerds te zeggen, waardoor hun toenadering zou verdampen.

Zij hielpen elkaar zich te ontkleden. Hun lichamen raakten vervlochten.

Geleidelijk maakte tederheid plaats voor de heftigheid van de hartstocht. Een reis naar het genot begon, zoals zij nog nooit hadden gesmaakt.

Deel 3

72

De zeelucht werd steeds sterker naarmate hij dichter bij de haven kwam. Met zijn blik zocht hij de schepen die uit Europa kwamen.

Een of twee keer per maand ging hij naar de haven, als een zwerver.

Het jaar 1953 was voor hem uitzonderlijk uitputtend. Hij had bewerkstelligd dat in de maand juli in vele landen ter wereld het zeventigste jaar van Franz' geboorte werd gevierd.

Nieuwe vertalingen van Kafka's werken kwamen uit, zelfs in die landen waar hij daarvoor werd genegeerd. De culturele wereld vierde het geniale schrijverschap van zijn vriend.

Literaire critici lichtten de betekenis van Kafka's teksten toe met gebruikmaking van Max' duidingen.

Niemand betwistte zijn autoriteit en zijn recht om de profeet te zijn van het schrijversoeuvre waarin hij als eerste had geloofd.

In een periode van slechts drie jaar sinds de dood van Franz publiceerde hij al zijn drie romans: *Het Proces*, *Het Slot* en *Amerika*.

Het bleek te kloppen wat Kurt Wolf en Ernst Rowohlt hadden beweerd: schrijvers tonen hun vakmanschap in verhalen, maar beroemd worden zij met romans.

Pas met het verschijnen van zijn ongewone romans werd Kafka een veelgelezen schrijver.

In 1931 werden de, tot op dat moment onbekende, verhalen uit zijn nalatenschap gedrukt. Vier jaar later redigeerde en publiceerde Max Brod zijn vriends *Verzamelde werken* in zes delen.

Daarna was de door Max zelf geschreven biografie van de beroemde auteur aan de beurt. Hij gaf haar de een-voudige titel *Franz Kafka*.

Het stoorde hem dat er jaar in jaar uit steeds meer werd gepraat over Kafka's ongewone leven en wel op een manier alsof zijn leven belangrijker was dan zijn werk. Max had daaraan meer bijgedragen dan hem lief was.

Toen de nazi's in 1939 in Praag waren aangekomen, was hij met zijn gezin naar Palestina gevlucht. Tel Aviv was de logische keuze. Hij had jarenlang geld ingezameld voor de opbouw van die stad. Door zijn tussenkomst waren vele joden uit Tsjecho-Slowakije verhuisd naar Tel Aviv. Uiteindelijk werd die stad zijn lotsbestemming.

Toen hij Praag verliet, betreurde hij het meest dat hij voor altijd moest scheiden van zijn persoonlijke, rijke bibliotheek.

Pas enkele maanden later begon hij de mensen uit zijn omgeving pijnlijk te missen. Velen van hen zou hij nooit meer ontmoeten.

Zoals vaker gebeurt, werd ook hem, na zijn aankomst in Palestina, duidelijk dat er een onoverbrugbare kloof stond tussen dromen en werkelijkheid. Het stichten van hun eigen land, waarover joden generaties lang hadden gedroomd, ging gepaard met leed en ellende.

Conflicten en onrust kenmerkten die tijd en plaats en deden bij de inwoners van het jonge land het idee postvatten dat deze onzekere beginfase blijvend zou zijn.

Max' echtgenote Elsa overleed in 1942. Dat was de eerste uitvaart in zijn familie in het Beloofde Land.

Met de komst van de dood werd het Beloofde Land voor hem gelijk aan alle andere landen.

Verdriet en teleurstelling waren ook hier de onvermijdelijke begeleiders van het leven.

Twee jaar later kwam het leven van Milena Jesenská ten einde in het concentratiekamp Ravensbrück.

Alle drie de zussen van Franz stierven in concentratiekampen.

Dora Diamant overleed in Londen in 1952. In hetzelfde jaar publiceerde uitgever Fischer uit Frankfurt Kafka's *Brieven aan Milena.*

Het succes van Max, dat verbonden was met de erkenning van het literaire werk van zijn vriend, ging gepaard met vele persoonlijke verliezen.

In de ogen van oppervlakkige toeschouwers was hij een gelukkig mens wiens levenswensen waren vervuld. Innerlijk telde hij zijn nederlagen.

Hij voelde zich steeds eenzamer en meer verlaten door de wereld waarvan hij ooit deel had uit gemaakt.

Hij was negenenzestig jaar oud.

De communisten regeerden met ijzeren hand in zijn Praag en hij betwijfelde of hij ooit nog zou wandelen door de stad van zijn jeugd.

Vaak droomde hij van een tafereel dat hij beleefde in zijn jeugd: enkele dagen na de beëindiging van het studiejaar roeien Franz en hij op de Moldau. Zij lachen uitzinnig. Bij elke slag die de roeispanen maken, spetteren de druppels om hen heen. Het is een zonnige dag, zonder ook maar een wolkje in de lucht. Zij houden niet op te lachen...

Hij kreeg een benauwd gevoel in zijn borst bij iedere gedachte aan Praag en de onmogelijkheid om terug te keren naar zijn thuisland, waar het ene totalitaire regime hem uit had gejaagd en het andere hem zijn terugkeer onmogelijk maakte.

Moses ervoer wat het betekende om het Beloofde Land, dat binnen handbereik was, niet te mogen betreden. Max leerde wat het was om naar het land van zijn jeugd niet terug te mogen keren.

Steeds vaker en steeds meer gepijnigd zocht hij in de geuren van de Middellandse zee naar de lucht van de Moldau.

73

Maandenlang werkte hij aan de dramatisering van Franz' roman *Het slot*. Hij werd zich bewust van de eindeloze vrijheid van iedere romanschrijver, die in contrast stond met de beperkingen opgelegd aan de dramaturg. Hij struikelde over de talloze begrenzingen van een theatervoorstelling. Daarbij probeerde hij te vermijden dat de noodzakelijke inkortingen een procrustesbed zouden worden voor de oorspronkelijke tekst.

Hij wilde het werk van de toekomstige acteurs, die ooit deze voorstelling zouden uitvoeren, niet te moeilijk maken, maar hij moest ook rekening houden met het geduld van het publiek. Hij vroeg zich af hoe hij de gelaagdheid van de roman kon bewaren als hij hem zou inkorten.

's Nachts schreef hij en tegen het middaguur kwam hij naar zijn kantoor in de schouwburg.

Zo was het die dag ook.

Bij de ingang van het schouwburg kwam een vrouw naar hem toe die hem aansprak in het Tsjechisch.

'Mijnheer Brod, mag ik even?'

'Natuurlijk!'

'U kent mij waarschijnlijk niet meer. Ik ben de journaliste Jana Kučerová.'

Als zij zich niet had voorgesteld, had hij haar niet herkend. Zij was twintig kilo zwaarder geworden. Haar gelaatsuitdrukking was in de loop der jaren echter niet veranderd.

Hij nodigde haar uit in zijn kantoor.

Toen de oorlog begon, was zij naar Zwitserland gevlucht en zij schreef voor een krant die in Bern uitkwam. De dag daarvoor was ze in Israël aangekomen. Zij wilde een grote rapportage maken over het land.

'Weet u, er gaat geen dag voorbij dat ik niet aan Milena denk. Ik neem het mijzelf nog steeds kwalijk dat ik haar niet heb kunnen overtuigen om naar Zwitserland te vluchten.' zei Jana.

'Het spijt mij ook.' antwoordde Brod.

'Zij was werkelijk mijn beste vriendin... Ik mis haar zo... Op een bepaalde leeftijd wordt het te laat voor nieuwe vriendschappen. Alleen in de jeugd zijn wij open naar elkaar. Dan laten wij de anderen een deel van onszelf worden.'

Hij kon zich in haar woorden vinden, maar zei niets.

Zij viel even stil en voegde toen veelbetekenend toe: 'Twee maanden geleden heb ik Kafka's *Brieven aan Milena* uitgelezen... Het voelde alsof ik in open wonden poerde. Milena nam me in vertrouwen, ik wist alles over hun verhouding.'

'Kafka is een groot schrijver,' zei Brod in een poging om Jana's mening over zijn vriend niet te hoeven aanhoren.

'Misschien... Hij heeft Milena pijn gedaan... Als man nam hij alleen maar en gaf niets terug. Dat was geen echte liefde.'

'Het is moeilijk te zeggen wat echte liefde is en wat niet. Ieder van ons beleeft het anders.'

'Ik ben het niet met u eens. Het is niet moeilijk om te zeggen wat echte liefde is. Dat tussen u en Milena was een liefde die respect verdiende.'

Max verstijfde. 'Wat bedoelt u?'

'Zij nam me in vertrouwen toen zij een verhouding met u had. Alle mannen hebben haar teleurgesteld, behalve u. Zij hield van u meer dan van wie dan ook. En u van haar, zou ik zeggen.'

Max' ademhaling versnelde. Hij wist niet wat hij moest zeggen. Ze keek hem in de ogen en herkende zijn vertwijfeling. Hij stotterde: 'Ik... ziet u... ik heb haar... ook al was het in de omstandigheden dat...'

'Zij berustte in de wetenschap dat u uw vrouw en

kinderen nooit zou verlaten. Bij u kon zij het zelfs waarderen in een zekere zin. Zij was nooit egoïstisch. Zij wilde haar geluk niet bereiken door anderen te kwetsen.'

'Zo heb ik haar ook gekend,' zei Brod.

'Uw karakter beviel haar. Zij waardeerde uw manier van omgaan met anderen. Talloze malen zei ze: "Max was de enige bij wie ik wist waar ik aan toe was. Hij is de meest betrouwbare man in de wereld." Zij is nooit opgehouden van u te houden.'

Jana's woorden deden hem pijn.

In de afgelopen jaren had hij zich hard ingespannen om de herinnering aan Milena uit zijn hart te weren.

En nu: in een enkel ogenblik stormde een vlaag van sterke herinneringen binnen, die hem zwak en machteloos maakten.

Jana legde een grote bundel vergeelde enveloppen op tafel.

'Wat is dat?' vroeg Max.

'Dat zijn tweeënveertig brieven die Milena mij uit Wenen heeft gestuurd. Ze schrijft voornamelijk over u. Zij hield zielsveel van u. Ze schrijft ook over Franz... hij komt niet lovenswaardig over... als mens, noch als man. Ik dacht dat dit een schitterend boek zou kunnen zijn. Een boek over liefde. Maar ook over u en over haar. De brieven weerspiegelen de tijd, die onomkeerbaar achter ons ligt.'

Max voelde alsof hij flauw zou kunnen vallen. Het suisde in zijn hoofd. Haar woorden en de brieven maakten hem bang.

'Wat verwacht u van mij?'

'Lees ze. Ik ben nog een week hier. Graag zou ik vrijdag langs willen komen om uw mening te horen.'

'Mijn mening waarover?'

'Of deze brieven het verdienen om als boek gepubliceerd te worden.'

74

Hij zei alle afspraken af en stelde alle zaken uit. Drie dagen en drie nachten las hij Milena's brieven. Sommige wel tien keer.

Hij had geloofd dat de tijd zijn wonden zou helen, dat zijn verlangen naar haar aanraking hem nooit meer zou verontrusten.

Hij vergiste zich.

De kracht van Milena's emoties, die uit haar zinnen straalde terwijl ze de ontroerende liefdesroman schetste met hen tweeën in de hoofdrollen, schokte hem.

Die vrijdag was Jana tien minuten eerder dan afgesproken naar zijn kantoor gekomen.

'Er is koffie of thee als u wilt,' bood hij beleefd aan.

'Nee, dank u.'

Hij vermeed haar blik.

Hij was bang voor dit gesprek.

'Heeft u haar brieven gelezen?' vroeg zij direct.

'In de afgelopen dagen heb ik niets anders gedaan.' antwoordde hij oprecht.

'Milena bezat een onmiskenbaar literair talent. Toen ik de brieven las, voelde het als het lezen van een klassieke roman waarin de getuigenis van een krachtige liefde is opgeslagen. In Kafka's boek *Brieven aan Milena* stoorde ik mij voortdurend aan zijn nervositeit, die dubbelzinnigheid... Ik geloof dat de lezers dit boek van Milena met veel meer genoegen zullen ontvangen. Als u het tenminste eens bent met de uitgave.'

Max zuchtte diep. Met onhandige bewegingen begon hij zijn bril te verzetten.

'Ziet u... ik weet niet hoe dit te zeggen, maar... noch Milena, noch ik, noch Polack zijn zo belangrijk voor de literatuur. Zelf zijn wij niet zo belangrijk... Wij allen hebben toegevoegde betekenis gekregen door Kafka.'

'Wat wilt u zeggen?' Jana was in verwarring.

'Zijn werk... Zelfs zijn leven, met al zijn tegenstrij-
digheden en het ongelukkige einde, dat is een geheel. Pas
vorig jaar heb ik met veel moeite het mozaïek compleet
kunnen maken met de uitgave van Kafka's boek *Brieven
aan Milena*. Ik hoef u niet uit te leggen hoeveel inspanning het me in de afgelopen jaren heeft gekost om de uitgevers over te halen om een onbekende auteur uit te
geven, om de manuscripten te verzamelen, te ordenen.
Ik heb honderden voordrachten gehouden in de hele
wereld over hem. Talloze teksten geschreven, voorwoor-
den en nawoorden, zelfs zijn biografie. En u verwacht
dat ik het allemaal in elkaar laat storten.

'Waar bent u bang voor?'

'Zouden deze brieven van Milena worden gepubliceerd,
dan zal Kafka worden uitgelachen. Wat veel belangrijker
is, niet Kafka's werk zou op de eerste plaats komen, maar
het liefdesverhaal met ongelukkige schrijvers in de hoofdrollen. Van alle schrijvers die in Milena's brieven worden
genoemd, is er maar één het echte genie. Diegene waarover zij het meest negatief schrijft.'

Jana was teleurgesteld.

'Ik dacht... ik geloofde dat dit een wonderschoon boek
zou worden... Doet u wat u het beste dunkt. Houd de
brieven bij u. Lees ze nog een keer door, twee keer, hon-
derd keer... Als u van mening verandert, geef ze uit.'

'Dank u voor het vertrouwen,' antwoordde Max stroef.

Jana stond op en gaf hem een hand.

'Groet Europa van mij,' zei Max.

'Mocht u naar Zwitserland komen, laat het me weten.'

'Uiteraard.'

Meteen nadat Jana zijn kantoor had verlaten, liep hij naar zijn bureau en haalde met bevende handen de bundel met Milena's brieven uit de la.

Hij liep naar de kleine kachel aan de andere kant van de kamer. Hij opende de deur en gooide de brieven, die hun geheime liefde bezongen, in het vuur.

De vlam doofde even, om snel daarna met een grote kracht op te laaien.

Hij ging achter het bureau zitten.

Kafka's boek *Het slot* lag voor hem. Hij nam het in zijn handen, opende de eerste bladzijde, om het ogenblikkelijk daarna tegen de muur te smijten.

EINDE

Opmerking van de auteur

Toen ik deze korte roman schreef, maakte ik gebruik van bekende bronnen over de levens van Franz Kafka en Max Brod. Een goede kenner van hun biografieën zal het niet zijn ontgaan dat ik sommige feiten respecteerde, sommige veranderde en sommige wegliet. Teneinde de roman overtuigend te maken, liet ik mijn fantasie toe om vrijelijk deel te nemen aan de opbouw van het verhaal, van de eerste tot de laatste bladzijde.

M.G.